U0529802

朗读者 Ⅱ

主编 董卿

2

人民文学出版社

图书在版编目（CIP）数据

朗读者Ⅱ.2／董卿主编. —北京：人民文学出版社，2018（2023.10重印）
ISBN 978-7-02-014760-1

Ⅰ.①朗… Ⅱ.①董… Ⅲ.①中国文学—当代文学—作品综合集 Ⅳ.①I217.1

中国版本图书馆CIP数据核字（2018）第278428号

责任编辑	张欣宜　廉　萍　曾少美
装帧设计	陶　雷
责任校对	李晓静　李义洲　王筱盈
责任印制	王重艺

出版发行	人民文学出版社
社　　址	北京市朝内大街166号
邮政编码	100705

印　　刷	北京盛通印刷股份有限公司
经　　销	全国新华书店等

字　　数	225千字
开　　本	890毫米×1290毫米　1/32
印　　张	9.75
印　　数	130001—133000
版　　次	2019年1月北京第1版
印　　次	2023年10月第14次印刷

书　　号	978-7-02-014760-1
定　　价	56.00元

如有印装质量问题，请与本社图书销售中心调换。电话：010-65233595

序言一

这段时间,身边许多朋友都在谈论《朗读者》。他们中有些是文学界的同行,但大多数从事的工作与文学并无直接关联。他们有着各自不同,甚至罕有交集的身份,然而当谈论《朗读者》、谈论节目里那些经典篇章的时候,他们的眼睛里流露着相同的情感,那就是温柔与感动。我愿意相信,在这一刻,我与他们共享着同一个幸福的身份,那就是文学的阅读者、人类心灵的倾听者。

我同时注意到,由《朗读者》而起的诵读文学经典的热潮,并没有仅仅停留在媒体传播和好友热议的层面,它已经渗入了广大的人群,成为生活场景:许多城市都设置了"朗读亭",每一个经过的人都可以走入其中,朗读自己喜爱的篇章并进行录制,他们的声音和形象将有可能出现在《朗读者》节目的正片之中。许多城市的"朗读亭"外都排起了长队,听说有读者为了录制三分钟的视频,在亭外耐心等待了足足九个小时。

《朗读者》已经成了一道醒目的文化风景、一种引人深思的文化现象。它向我们证明,诚挚、深沉、优美、健康的内容,在今天依然能够获得普遍的关注,好的文学永远拥有直指人心的伟大力量。常有人说，我们生活在一个匆忙浮躁的时代，当代人的精神世界平庸而匮乏。对于这样的观点，我只能部分地认同。当下的生活固然匆忙，很多时候，我们也的确面临着浮躁的问题；但即使出于种种原因，我们同自己内心相处的时间相对有限，人们依然会本能地渴望着纯粹、辽阔、有质量的精神生活。近年来，以《朗读者》为代表的一批文学文化类节目广受欢迎，正是因为它们引导人们放慢生命节奏，倾听内心的声音，顺应和满足了人们对精神生活的渴望。

《朗读者》中出现的文本，很多是经过漫长时间检验的名篇佳作；即使是出于今人之手的篇章，此前也多已在读者间广为流传。它们中有相当一部分，都当得起"经典"二字。何为经典？答案可能有很多，但我想最直接的一条，就是它们拥有温暖而强劲的力量，能够长久不衰地体贴灵魂、拨动心弦，触碰到我们情感深处最柔软最深刻的部位。这种力量，并不会因时间流逝和年代更迭而减弱。《朗读者》里的许多篇章，都是我早年间的挚爱；那些熟悉的文字，关乎爱与恨、喜与悲、生与死、豪情与希望，曾经深刻地启示了、影响了我们这一代人。很多年过去了，我发现，今天的年轻读者依然会为之鼓舞、感动；其中有许多句子，我至今能够脱口背诵，它们在新一代读者心中同样激起了深沉的回响。好的文学就是这样，它能够跨越年龄和代际的鸿沟，陪伴一代又一代人成长，在情感体验和文化记忆的代代传承之中，把种种高贵和美好的品质传递给无尽的后来人。

朗读，就是朗声诵读，是倾听自己的声音，也是倾听他人的声音。通过口的诵读与耳的倾听，汉语和它内在的气质、精神，以焕然一新的方式进入了我们的心灵。古老而常新的汉语，具有抑扬顿挫的独特韵律，这韵律不仅是美的，而且包含着我们共同的文化记忆和我们共同的情感。正是在这个意义上，《朗读者》使阅读成了认同的过程，一个人在朗读中寻求更为广大的联系——通过这美好的母语，我们不仅彼此看见，我们还得以彼此听见，我们得以完成彼此身份的响亮确证，由此结成血脉相连、情感相通的共同体。

现在，《朗读者》里的故事和诵读篇目已被整理成书，由人民文学出版社出版，将有更多的读者阅读和朗读这些作品，从中感受真善美的力量，感受文学的力量。同时，这一切也是对包括我在内的写作者的提醒：一个人内心的声音在广大的人群中持久回响，这是世上最美好的事，这更是一份严肃庄重的责任。我们会更深刻地记住这份提醒，认真地写下去，把心交给读者，把更多的好作品献给我们的人民。

序言二

叶嘉莹

二〇一七年的时候，董卿女士邀请我参与《朗读者》节目的录制。我是一九二四年生人，年纪很大了，本来不接受媒体的采访和活动，但听到约我去吟诵，我就去了。在我的心目之中，吟诵是诗歌生命里边最重要的一部分，古人作诗大都是伴随着吟诵写出来的。我这么大年纪的人，从小都有这种吟诵的习惯。中国古典诗歌之美最需要以吟诵来传达，吟诵的时候，声调、音节的美感都会跑到你的头脑里、心灵里。吟诵久了，你不用专门学平仄、押韵，自然就学会合辙押韵了。我亲自体会到了古诗之美、吟诵之美，而现在的青年人，他们找不到一扇进去的门。我一辈子不辞劳苦所要做的事情，就是把这扇门打开，让大家都能走进去。

在我看来，《朗读者》也在扮演一个开门人的角色，它借由朗读的魅力来推广阅读，将最有生命力的文字普及于社会，将普通的读者都接引到最美好、动人的文学里面来。我认为这是《朗读者》最大的意义和价值所在。朗声读诵，往往是接近一篇文学作品最快、最直接、最深入的方式。

文学的力量是惊人的。《朗读者》之所以令我们感动，就是因为它将我们的人生与文学紧密牵连在了一起,它为所有世间的苦痛与无奈、热望与激情,都找到了最贴近的文字。在朗读的时候,我们的灵魂与文学家的灵魂遥相呼应,碰撞出兴发感动之力。我的一生有诸多不幸,遭遇了许多打击,文学始终是支持我走过忧患的力量,是给我带来慰藉的源泉。我有了诗词,有了文学,便有了一切。其实,对每一个有感觉、有感情的人来说,都会是如此。

《朗读者》第一季图书由人民文学出版社出版,听闻受到大量读者的喜爱,我感到很高兴。这说明现在人们还是愿意阅读,愿意与文学亲近。人民文学出版社出版文学作品的历史颇为悠久,他们出版的图书囊括古今中外,给中国几代读者带来莫大影响。《朗读者》的出版,意味着他们又多了一种可以长久流传、影响深远的好书。今年,他们推出新一季的《朗读者》图书,我希望明年、后年,都能有新一季的图书继续出版,希望他们将推广阅读这件重要的事情长远地做下去。

目 录

等 待

朗读者 张一山 7
读　本 追风筝的人（节选）　[美] 卡勒德·胡赛尼 13

朗读者 刘仁俊 17
读　本 大自然的享受（节选）　林语堂 24

朗读者 阿来 29
读　本 尘埃落定（节选）　阿来 36

朗读者 杨惠姗　张毅 41
读　本 渐　丰子恺 48

朗读者 程不时 53
读　本 祖国呵，我亲爱的祖国　舒婷 61

路

朗读者　陈　数　71
读　本　一个人要像一支队伍　刘瑜　77

朗读者　矣晓沅　83
读　本　当我谈跑步时，我谈些什么 (节选) [日] 村上春树　90

朗读者　刘和平　95
读　本　留侯论 (节选) 〔宋〕苏轼　102

朗读者　罗大佑　107
读　本　转山 (节选)　谢旺霖　114

朗读者　张弥曼　121
读　本　没有你，万般精彩皆枉然 (节选)

[英] 杰拉尔德·达雷尔　132

父　亲

朗读者　惠英红　141
读　本　父亲的手　林少华　147

朗读者　徐国义　151
读　本　人生即燃烧（节选）　王蒙　159

朗读者　王佩民　163
读　本　先父　刘亮程　169

朗读者　李彦宏　181
读　本　爱　[爱尔兰] 罗伊·克里夫特　188

朗读者　魏世杰　191
读　本　工作与时日（节选）　[美] 拉尔夫·瓦尔多·爱默生　199

城　市

朗读者　王洛勇　211
读　本　简·爱（节选）　[英] 夏洛蒂·勃朗特　217

朗读者　王　坚　223
读　本　进入空气稀薄地带（节选）　[美] 乔恩·克拉考尔　233

朗读者　刘亮程　239
读　本　故乡　鲁迅　245

朗读者　孟　非　255
读　本　围城（节选）　钱锺书　263

朗读者 黄永玉 267
读　本 我的文学生涯 黄永玉 274
　　　　太阳下的风景（节选） 黄永玉 276
　　　　乡梦不曾休 黄永玉 280

代后记一 加强传统文艺节目创新 慎海雄 283
代后记二 惯性奔跑 董卿（口述） 285

等 待
Wait

等待是我们和时间之间的一场博弈。我们凭借着智慧和耐力，与未来做一个交换。等待的不可知性是一份考验——一天一天、一步一步走向希望或者失望。

安娜·卡列尼娜呼喊着："我是人，我要生活，我要爱情！"于是她在等待当中燃烧了自己。《城南旧事》中的"长亭外，古道边……问君此去几时还"，这是英子和她的同学们在伤感的歌声当中，等待成长。"慈母手中线，游子身上衣"，这是五十岁的孟郊写下的诗句，也恰恰在那一年，颠沛流离、居无定所的游子，等来了和母亲的团圆。

等待仿佛是生命当中的一个常态。我们经常会等一个电话，等一趟地铁，等着新年的愿望能够实现，等着和相爱的人久别重逢。世间很多美好的事物并非是触手可及的，经过了时间的酝酿和打磨，等待的结果才会显得更加珍贵。当然也会有一些等待是在和幻灭苦苦做着抗争，经过漫长的等待，用时间等来光明。

除非到达终点，没有人能够评价等待的价值。人生的意义在于，因为希望，所以等待；更在于，因为选择了等待，所以看到了希望。

等 待
Wait

走进朗读亭

Reading Pavilion

愿他们都能有一个远大前程,都能不负此生。

朗读者　吴希(中山市民)

读给所有小升初毕业班的同学们,我们都在等待长大。让我们心怀友善,坚持理想,为中华民族的复兴而奋斗。

朗读者　王弘年(学生)

我想把张抗抗老师的《有家真好》献给我的儿子。家,是一所房子。父母是房子的屋顶,孩子是房屋的窗户……当我熬夜复习,多晚母亲都会等我,给我做点心,也许只是一碗馄饨或者一个煮蛋等,但母亲布满血丝的双眼充满了温情。

朗读者　薄秀竹(老师)

别人都说，女儿是爸爸上辈子的小情人，我觉得真的是这样。有一次我和蓝蓝一起在房间里看动画片，她妈妈就把我们两个人非常可爱的背影拍了下来。我觉得只是用照片的形式来记录女儿的成长过程有点太过于平常了。既然自己是画画的，那就把它画成漫画吧。漫画发到朋友圈之后，我发现很多朋友非常喜欢，由此就开始了我的创作之路，等她们长大了，送一本漫画书给她们。孩子成长的每一个瞬间，未来都会是非常美好的回忆。儿童节快要到了，我想把杨绛先生的《我们仨》送给我的家人，希望我们可以快乐地度过每一天。

圆圆已三四岁了，总说没坐过电车，我以为她不懂事。一次我抱她上了电车，我说："这不是电车吗？"她坐在我身上，勾着我脖子在我耳边悄悄地央求："屁股坐。"她要自己贴身坐在车座上，那样才是坐电车。我这才明白她为什么从没坐过电车。

朗读者　陈缘风（动漫形象"张小盒"主笔）

（本期节目于2018年6月2日播出）

Readers

ZHANG YI SHAN

张一山 朗读者

年少成名意味着什么？可能意味着更早收获了荣誉和光环，但是也可能意味着比别人更早感受到某种桎梏。对于演员张一山来说，在很长一段时间里，"童星"二字让他如同困兽，始终挣不脱以往的标签。他的对手不是别人，而是过去的自己。

"嘿，我是看你的戏长大的。"对很多"90后"来说，这句玩笑话说得一点不假。张一山2003年就出演了人生的第一部戏《小兵张嘎》，次年便得到机会参演情景喜剧《家有儿女》。这部剧家喻户晓、风靡多年，真可谓陪伴了一代人成长。他饰演的"刘星"天马行空、古灵精怪，受到观众喜爱。"刘星"这个名字跟着张一山，一跟就是十几年。

成年后的张一山面临了艰难的转型期——儿童的角色他没办法再演，成人的角色观众又不买账。在这段时间里，他以超出录取分数线七十八分的成绩考入北京电影学院，开始认真读书，磨砺演技，等待属于他的机会，等待成为一个真正的演员。

2016年，张一山等来了《余罪》。他在这部戏中散发着不按常理出牌的魅力，痞气十足的表演充满张力，有着来自底层的混世与狡黠。这部戏终于让人们重新认识了张一山。他向所有人证明，少年的梦想经得起等待，等他重返战场，依然所向披靡。

朗读者 ❦ 访谈

（屏幕播放电视剧《家有儿女》视频片段）

董　卿：《家有儿女》播得最火的时候，你都没法出门了。

张一山：有点儿。你走到大街上，小孩认识你，哥哥姐姐认识你，叔叔阿姨认识你，大爷大妈也认识你。经常有大爷挂着拐棍说："哟！刘星！"（全场笑）说实话，我挺开心的，但是每个人都有一个承受的度。

董　卿：后来到了什么度你就没法承受了？

张一山：我要过儿童节，父亲带我去游乐场，正好别的学校组织小朋友春游，老师就说："同学们，快看！那是谁？"我就知道今天算是白来了，这种失落啊。

董　卿：《家有儿女》一共有多少集？

张一山：三百六十五集。（全场惊叹，鼓掌）

董　卿：你真的是很早就开始进入了成人的工作世界里。你是不是会比一般的孩子更早地去体谅别人的感受？

张一山：我一直挺替别人着想的，比如我拍《小兵张嘎》的时候才十岁、十一岁，真的很苦。那个角色到了白洋淀之后正好鞋丢了，他就光着脚，跟着嘎子哥和胖墩一起跑。芦苇荡里全是立起来的小枝，我就光着脚踩，每天都是血。

（屏幕播放电视剧《小兵张嘎》视频片段）

有一次我的家里人组团来看我，我又黑又瘦又小，坐在一边吃盒饭。剧组的盒饭挺简便的，每天就是一桶白水熬白菜。我爱吃辣的，就把辣椒油倒在米饭里和着吃。我家里人

一看我那个样子，马上就哭了。我强忍着没哭，不希望家人看着我那么可怜，也没必要。他们待了几天后走了，我就自己哭了。正好我父亲落了一把车钥匙，回来的时候看到我在哭，他也挺难受的。

董　卿：你曾经说过，如果有时光机可以回到过去，愿意再回到大学时代，再在那儿过一个完整的四年。

张一山：是这样的。我很小的时候演刘星，一段时间以后热度过去了，就没什么人觉得我还可以再演戏了，我就踏踏实实上学。我们很多同学经常会一起坐着公交车，去很远的地方吃饭，去吃一个我们谈论了一星期的餐馆。

董　卿：吃饭谁买单啊？

张一山：我，基本都是我买单。他们都说，张一山特抠。我到现在都不明白，难道你们都忘了上大学的时候吃饭是谁结的钱呀？！

（全场笑）这些同学没有任何一个人把你当成童星看待。

董　卿：你的确是曾经缺失了很多东西，所以我想，你可能比一般的同学更珍惜那样一种相处。

张一山：对。

董　卿：你的同学里有很多从一年级开始就争取拍戏的机会，但是你没有，你大学四年几乎没有进组，为什么？

张一山：我读的书太少，看过的电影太少，作为一名专业演员来讲，我的积累还远远不够，所以我希望能够再提升一些。并且那个时候拍摄的机会确实比较少。

董　卿：机会少的时候你会着急吗？

张一山：有的时候看到一些文章或报道，说我以后可能拍不了戏了，或是我长残了，怎么怎么着了……我也就是看看，一笑就过去了。

董　卿：这样的负面，对你来说有点早。

张一山：是的，但是人好在有自知之明，因为我确实长得不好看，确实长得挺残的。（全场笑）所以我觉得每个人之所以能看开或看明白一些事，是因为他知道自己心里想要什么，他知道自己是谁，我觉得这个很重要。

董　卿：那个时候你在等待什么吗？

张一山：还是在等待好的工作机会。老师会很现实地跟我们说，毕业了可能就等于失业了。演员的尴尬在于，想做演员的人太多了，我真的不知道自己以后是否还能再像以前一样，那时候还是有得失心的。但是这么多年过去了，大学也毕业了，四年又过来了，我现在又拍了很多戏，到最后发现，热爱可以战胜一切。我觉得我热爱这份事业，所以就能够坚持下来。

（屏幕播放张一山出演的话剧《天山雪》和电视剧《柒个我》《春风十里，不如你》等视频片段）

　　我非常珍惜我的机会，因为我有过没有戏拍或者戏播出后大家没什么好反响的时候，所以现在有很多好的角色我特别想演，同时我觉得要对自己负责任，也对观众负责任，这两个责任一个在左边的肩膀，一个在右边的肩膀。这样就够了。（掌声）

董　卿：你今天想为大家读些什么呢？

张一山：读《追风筝的人》，把它献给在千千万万遍等待中默默爆发的人们。

追风筝的人（节选）

[美] 卡勒德·胡赛尼

街头巷尾满是凯旋的追风筝者，他们高举追到的战利品，拿着它们在亲朋好友面前炫耀。但他们统统知道最好的还没出现，最大的奖项还在飞翔。我割断了一只带有白色尾巴的黄风筝，代价是食指又多了一道伤口，血液汩汩流入我的掌心。我让哈桑拿着线，把血吸干，在牛仔裤上擦擦手指。

又过了一个钟头，天空中幸存的风筝，已经从约莫五十只剧减到十来只。我的是其中之一，我杀入前十二名。我知道巡回赛到了这个阶段，会持续一段时间，因为那些家伙既然能活下来，技术实在非同小可——他们可不会掉进简单的陷阱里面，比如哈桑最喜欢用的那招，古老的猛升急降。

到下午三点，阴云密布，太阳躲在它们后面，影子开始拉长，屋顶那些看客戴上围巾，穿上厚厚的外套。只剩下六只风筝了，我仍是其中之一。我双腿发痛，脖子僵硬。但看到风筝一只只掉落，心里的希望一点点增大，就像堆在墙上的雪花那样，一次一片地累积。

我的眼光转向一只蓝风筝，在过去那个钟头里面，它大开杀戒。

"它干掉几只？"我问。

"我数过了，十一只。"哈桑说。

"你知道放风筝的人是谁吗？"

哈桑吧嗒一下舌头，仰起下巴。那是哈桑的招牌动作，表示他不知道。蓝风筝割断一只紫色的大家伙，转了两个大圈。隔了十分钟，它又干掉两只，追风筝的人蜂拥而上，追逐它们去了。

又过了半个小时，只剩下四只风筝了。我的风筝仍在飞翔，我的动作无懈可击，仿佛阵阵寒风都照我的意思吹来。我从来没有这般胜券在握，这么幸运，太让人兴奋了！我不敢抬眼望向那屋顶，眼光不敢从天空移开，我得聚精会神，聪明地操控风筝。又过了十五分钟，早上那个看起来十分好笑的梦突然之间触手可及：只剩下我和另外一个家伙了，那只蓝风筝。

局势紧张得如同我流血的手拉着的那条玻璃线。人们纷纷顿足、拍掌、尖叫、欢呼。"干掉它！干掉它！"我在想，爸爸会不会也在欢呼呢？音乐震耳欲聋，蒸馒头和油炸菜饼的香味从屋顶和敞开的门户飘出来。

但我所能听到的——我迫使自己听到的——是脑袋里血液奔流的声音。我所看到的，只是那只蓝风筝。我所闻到的，只是胜利的味道。获救。赎罪。如果爸爸是错的，如果真像他们在学校说的，有那么一位真主，那么他会让我赢得胜利。我不知道其他家伙斗风筝为了什么，也许是为了在人前吹嘘吧。但于我而言，这是唯一的机会，让我可以成为一个被注目而非仅仅被看到，被聆听而非仅仅被听到的人。倘若真主存在，他会引导风向，让它助我成功，我一拉线，就能割断我的痛苦，割断我的渴求，我业已忍耐得太久，业已走得太远。刹那之间，就这样，我信心十足。我会赢。只是迟早的问题。

结果比我预想的要快。一阵风拉升了我的风筝，我占据了有利的位置。我卷开线，让它飞高。我的风筝转了一个圈，飞到那只蓝色家伙的上面，我稳住位置。蓝风筝知道自己麻烦来了，它绝望地使出各种花招，试图摆脱险境，但我不会放过它，我稳住位置。人群知道胜负即将揭晓。"干掉它！干掉它！"的齐声欢呼越来越响，仿佛罗马人对着斗士高喊："杀啊！杀啊！"

"你快赢了，阿米尔少爷，快赢了！"哈桑兴奋得直喘气。

那一刻来临了。我合上双眼，松开拉着线的手。寒风将风筝拉高，线又在我手指割开一个创口。接着……不用听人群欢呼我也知道，我也不用看。哈桑抱着我的脖子，不断尖叫。

"太棒了！太棒了！阿米尔少爷！"

我睁开眼睛，望见蓝风筝猛然扎下，好像轮胎从高速行驶的轿车脱落。我眨眨眼，疲累不堪，想说些什么，却没有说出来。突然间我腾空而起，从空中望着自己。黑色的皮衣，红色的围巾，褪色的牛仔裤。一个瘦弱的男孩，肤色微黄，身材对于十二岁的孩子来说显得有些矮小。他肩膀窄小，黑色的眼圈围着淡褐色的眼珠，微风吹起他淡棕色的头发。他抬头望着我，我们相视微笑。

然后我高声尖叫，一切都是那么色彩斑斓，那么悦耳动听，一切都是那么鲜活，那么美好。我伸出空手抱着哈桑，我们跳上跳下，我们两个都笑着、哭着。"你赢了，阿米尔少爷！你赢了！"

"我们赢了！我们赢了！"我只说出这句话。这是真的吗？在过去的日子里，我眨眨眼，从美梦中醒来，起床，下楼到厨房去吃早餐，除了哈桑没人跟我说话。穿好衣服。等爸爸。放弃。回到我原来的生活。然后我看到爸爸在我们的屋顶上，他站在屋顶边缘，双拳挥舞，高声欢呼，拍掌称快。就在那儿，我体验到有生以来最棒的一刻，看见爸爸站在屋顶上，终于以我为荣。

但他似乎在做别的事情，双手焦急地摇动。于是我明白了："哈桑，我们……"

"我知道，"他从我们的拥抱中挣脱，"安拉保佑，我们等会儿再庆祝吧。现在,我要去帮你追那只蓝风筝。"他放下卷轴,撒腿就跑,他穿的那件绿色长袍的后褶边拖在雪地上。

"哈桑!"我大喊,"把它带回来!"

他的橡胶靴子踢起阵阵雪花,已经飞奔到街道的拐角处。他停下来,转身,双手放在嘴边,说:"为你,千千万万遍!"然后露出一脸哈桑式的微笑,消失在街角之后。再一次看到他笑得如此灿烂,已是二十六年之后,在一张褪色的宝丽莱照片上。

(李继宏 译)
选自上海人民出版社《追风筝的人》

《追风筝的人》出版于2003年,一下子就风靡全球。小说的一个出发点是告诉我们人性非常脆弱。很多情况下,需要我们拿出特有的勇气来面对危险的场景。"风筝"就是这个意象,我们每个人都需要不断去追寻,去发现,才能看清自己。它并不是简单的一个悲剧,而是给人生带来一种温暖的力量,这种温暖的力量最终还是使我们相信人性,相信人有改进自己的余地。

——中国社会科学院文学研究所原所长 陆建德

LIU REN JUN

刘仁俊 朗读者

中国人对白鳘豚的喜爱由来已久。早在两千多年前，白鳘豚就被载入《尔雅》这一古代词典中。人们称它们为"长江女神"，喜爱它们性情温顺，注重情义。在白鳘豚最繁盛的时期，长江中可以看到数千头白鳘豚在游弋。后来，由于人类对长江的过度开发和污染，白鳘豚的数量急剧减少，人们再难觅得它们的身影。

刘仁俊是中国科学院水生生物研究所的专家。从二十世纪七十年代末起，他和他的同事就开始对生活在长江中的鲸类动物进行追踪研究。1980年，他们终于在湖南城陵矶捕获了一条白鳘豚。这条白鳘豚被带离了长江，来到了人类的世界。它在一个两百平方米的水池里和人类共同生活了二十二年，被起名叫"淇淇"，是世界上唯一一头人工饲养的白鳘豚。在刘仁俊和同事的努力下，他们还建立起了长江天鹅洲白鳘豚国家级自然保护区，为白鳘豚和江豚的保护带来了希望。

2002年，淇淇孤独地、永远地离开了这个世界。与淇淇相伴了二十多年的刘仁俊心里很不是滋味。从那一年到今天，十多年的时间里，我们再也没有在长江流域看到白鳘豚的身影。我们在等待，等待它出水一跃，等待惊鸿一瞥，但是这等待仿佛越来越渺茫。如今已退休的刘仁俊在武汉海洋世界当馆长，继续在海洋领域发挥余热。他心里还存着一线希望，期盼着有一天，白鳘豚那美丽的身影再次出现。

朗读者 · 访谈

董　卿：能跟我们大家说说1980年您第一次见到淇淇是什么样的情景吗？

刘仁俊：元月11日晚上八点，我收到湖南城陵矶水产收购站的一个电话，他们说那儿有一头活的白鱀豚。我说，我马上去运。我租了一辆破烂的吉普车，那天正好又是风，又是雨，又是雪。我晚上九点出发，直到第二天早晨五点才赶到城陵矶。白鱀豚有尾鳍，而它的尾柄很窄，渔船就用麻绳捆着尾柄，把它的头系在船上，养在水里，拖着过来了。我们不管寒冷，跳到江里去，用担架拖住白鱀豚淇淇，把它拖上来。它有一百三十七斤，之前渔船用铁钩"啪"一击，抓住它的颈背部，对穿出两个洞……

董　卿：它的身体看上去像烂了一样。

刘仁俊：受伤了，有一个大洞，一挤都是脓，不得了。我刚开始养白鱀豚，没有经验，没有办法，就请北京动物园帮忙。他们派了两个兽医，搞了半年一直治不好，皮肤臭得不得了，我想能不能给它做个背心，把它盖起来。我把生肌散和云南白药撒好，再用四层消毒纱布做了一件背心给淇淇。五天之后，奇迹出现了。皮肤烂掉的伤全部好了！你说，多好啊！（掌声）

董　卿：白鱀豚作为一种鲸类动物，与金丝猴和熊猫一样都是中国的国宝，而且它有很多很美的名字，比如"长江女神"……它为什么会这么珍贵？

刘仁俊：全世界的淡水河豚一共有四种，白鱀豚只有我们的长江有，

而且已经生存了几千万年，就像活化石一样。所以世界上许多国家的专家要来专门研究白鱀豚。

董　卿：我们都知道鲸类动物其实非常聪明，它们的智商往往可以达到小孩子的水准，它也会有一些自己的情绪表达。

刘仁俊：是的。它发脾气的时候会用尾巴打水，把你身上都打湿了。它有时候会朝你喷水，不高兴的时候会捉弄你。开始的时候喂它吃东西，它不敢吃，从远的地方慢慢游，游得靠近你，最后靠到你身边来，从你身边拿鱼吃。有一次，它把我的手指咬进去了。淇淇的牙齿很尖的，不过它还不错，它认得我，一看到我就赶快把嘴张开了，所以我感觉淇淇很通人性哪，我非常感谢它。晓得吧，有感情啊。（笑）

董　卿：白鱀豚一般到几岁开始进入成熟期了？

刘仁俊：三四岁以后它就接近成熟了。

董　卿：它就有求偶的需要了吗？
刘仁俊：当然了，我们天天找啊。1986年我们捕到过两头白鱀豚，一头是连连，一头是珍珍。连连是父亲，珍珍是女儿。
董　卿：当时是希望珍珍能够和淇淇配对的？
刘仁俊：是。一开始它们两个都不敢靠近彼此，后来慢慢地熟悉起来了。淇淇从来不欺负珍珍。
董　卿：本来就不应该欺负珍珍，男的怎么能欺负女的呢？
刘仁俊：怕老婆。（全场笑）
董　卿：那个时候还不是老婆呢！后来配对成功了吗？
刘仁俊：没有。后来珍珍因为间质性肺炎去世了。
董　卿：淇淇会觉得很难过吗？
刘仁俊：当然。一天到晚就"叽叽叽叽"叫，到处找珍珍，很可怜的。起码要过个年把（一年左右）才能慢慢平静下来。
董　卿：珍珍走了以后，就再也没有给淇淇找到过其他的同伴了吗？
刘仁俊：捕不到白鱀豚了。我们带了六十几个渔民，带了好多船到长江里跑，找不到啊。后来白鱀豚没有了。
董　卿：从什么时候开始就看不到白鱀豚了？
刘仁俊：应该是在二十世纪九十年代。白鱀豚在长江里是没有敌人的，它的敌人是什么？是人。为什么这么说？首先，我们长江流域有一千一百多个湖泊，由于农田灌溉的需要在那儿建坝建闸，完全把生态系统破坏了。二是长江的渔民要生活，开着电捕鱼船沿长江走，把大大小小的鱼都杀死了。第三个理由就是船体本身，螺旋桨会直接把白鱀豚的头脑打得稀巴烂。（看屏幕）这个是一斩两段。
董　卿：所以后期就没有办法再把淇淇放回长江里了。它在这二十多年里给我们水生所提供了多少科学价值呢？

刘仁俊：淇淇造就了一代科学家。要是没有白鱀豚研究，就不能有长江江豚保护的成功。淇淇在世界上是有名的，人家一说到淇淇，都竖大拇指。

董　卿：被人们称为"白鱀豚妈妈"的陈佩薰教授也说过，淇淇是很伟大的，它给我们提供了一把了解这个物种的钥匙。

刘仁俊：2002年7月14日，余秉芳给我打电话说："刘老师，淇淇走了，你赶快去吧。"我当时不想去。他们要我去，无非是要我动刀子。你说，我养了它二十几年，我舍得去动刀子吗？为了做好标本，要把皮和脂肪割开，把内脏分出来，我不忍心哪。你说，我动手把白鱀豚"千刀万剐"，我心里舒服吗？

董　卿：1980年1月11日到2002年7月14日，这是您跟淇淇的二十二年缘分。最后当您看到它静静地躺在那里的时候，您很难过吗？

刘仁俊：它孤独了一辈子，这一点我对不起它，没给它找个伴。

董　卿：其实一直到现在，我们依然在寻找白鱀豚，您觉得这种等待是无望的吗？

刘仁俊：白鱀豚是功能性灭绝，因此还不能说它完全灭亡了。我们希望有朝一日，再在长江的某个地方钻出一头白鱀豚。我们的保护区建成了，在还有可能的时候，我们大家行动起来，这就是我们一个很大的功劳。（掌声）

董　卿：谢谢刘老师，谢谢大家！我想让大家听一段声音。（现场播放声音）这是一种鸟叫声，它叫欧鸥鸟，非常可爱，生活在夏威夷的考艾岛。这种鸟一辈子只有一个伴侣，一般雄鸟在鸣叫的时候雌鸟会应和。我们现在听到的是一只雄鸟求偶的声音，但因为它是这个世界上这种物种的最后一只雄鸟，所以它永远也不可能等来那只雌鸟对它的应和。

（屏幕播放下列已经灭绝的动物：旅鸽，由于人类过度捕杀，于1914年灭绝；袋狼，由于人类大量捕杀，于1936年灭绝；爪哇虎，由于人类疯狂捕杀，于1983年灭绝；金蟾蜍，由于全球变暖和环境污染，于2006年灭绝；台湾云豹，由于人类过度捕杀和栖息地被破坏，于2013年灭绝……）

每个物种的灭绝也是生物进化论的一个自然规律，但它原本应该是一个非常非常缓慢的过程。只是今天，物种灭绝的速度是以前的一千倍，南极狼、爪哇虎、旅鸽……都没有了。所以，下一个会是谁？就看我们怎么去做了。

刘仁俊：对啊。今天我要朗读林语堂的《大自然的享受》片段，谨以此篇献给我永远的朋友——淇淇。

朗读者 ❦ 读本

大自然的享受（节选）

林语堂

  在这个行星上的万物之中，植物类根本谈不上对大自然有取什么态度的可能。所有的动物类也差不多全数没有取什么态度的可能。但其中竟有这么一个人类，会自有意识，并能意识到四周的环境，因而能够对它取一种态度，实在是一桩极奇怪的事情。人因为有智慧，便开始对宇宙发生疑问，开始对它的秘密探索，对它的意义开始寻求。他们对宇宙，同时有一种科学的和道德的态度。科学界人士注意寻求本人所生活的地球里外的化学合质，其四周空气的厚薄，辐射于上层空气的宇宙光线的多少和性质，山和石的组成，以及一般的支配、生命的定律。这种科学的兴趣和道德的态度固也有一种联系，但在它的本身，不过是单纯的求知欲和探索欲罢了。在另一方面，道德的态度便有许多差异。某些人是想和大自然融协和谐，某些人是想征服或统治和利用大自然，而某些人是高傲地贱视大自然。这个对自己的星球之高傲的贱视态度，乃是文明的一种奇特产物，尤其是某种宗教的奇特产物。这种态度起源于《失乐园》那个虚构的故事。所奇者是：这个故事不过是太古时代一种宗教传说的产物，现在竟会很普遍地被人信以为真。

  对于这个故事是否真实，从来没有人发过疑问。总而言之，这个伊甸园是何等的美丽，而现在这个物质宇宙又是何等的丑恶。其实呢，自从夏娃亚当犯了罪之后，花树难道已不开花了吗？上帝难道因了一人犯罪，已诅咒苹果而禁止了它的结果吗？或他已决定将这花的颜色改为较灰暗而不像以前的鲜艳吗？百灵鸟、夜莺和鹦鸟难道已停止了它们的鸣叫吗？山顶难道已经没有了积雪，湖中已经没有了倒影吗？难道今日已经没有了日落时的红霞，没有了虹霓，没有了笼罩乡村的烟雾，没有了瀑布流泉和树荫吗？所以"乐园"已经"丧失"，我们现在是住在一个丑恶的宇宙中的神话，究竟是哪一个捏造的呢？我们真是上帝的忘恩负义的不肖儿女。

关于这个不肖的孩子，我们可以设一个寓言如下：从前有一个人，姓名姑且慢慢发表，他跑到上帝那里诉说，这个星球于他还不够好，要上帝给他一个珠玉为门的天堂。上帝先指着天空中的月亮，问他说："这不是一个很好的玩具吗？"他摇摇头说，他连看都不要看。上帝又指着远远的青山，问他说："这不是很美丽的景物吗？"他回说："太平淡无奇。"上帝又将兰花和三色花指给他看，叫他伸手摸摸花瓣是如何的软骨，并问他说："这颜色的配合岂不悦目吗？"他爽直回说："不。"上帝是无穷忍耐的，于是带他到水族动物池里，指着各种各色的热带鱼给他看，问他是不是觉得有趣。上帝又带他到一个树荫之下，用法力吹起一阵微风，问他是否觉得是一种享受？他回说："并不觉得。"上帝又带他到一处山边的湖畔，指出水中的微波，松林中的风过声，山石的幽静和湖光的反映给他看，但他依然回说，这些物事并不能提起他的兴致。至此，上帝以为这个他所手创的生物必是一个性情不很和善，而喜看较为刺激性事物的人，所以就带他到洛基山的顶上，到美国西部的大峡谷让他看那些挂满钟乳、生满石笋的山洞，那些喷泉沙岗，那些沙漠中的仙人掌，到喜马拉雅山看雪景，到扬子江看三峡，到黄山看花岗石峰，到尼亚加拉看瀑布，再问他说，我岂不是已尽其可能将这个星球变为可以悦耳目、可以充肚腹的美丽世界吗？但是那个人依然向上帝吵着要一个珠玉为门的天堂，说这个星球在他还觉得是不够好。"你这个不知好歹、忘恩负义的畜生，"上帝斥他说，"如此的星球，你还觉得不够好吗？很好，我将要送你到地狱里去，让你看不到行云和花树，听不到流泉，将你幽囚到命终之日。"于是上帝立即送他去住在一座城市中的公寓里边。这个人的名字就是基督徒。

这个人的欲望显然很难满足。上帝是否能够另造一个使他满足的天堂？实在是一个疑问。即使造了出来，然而以他这种大富豪式心性，恐怕到了这个珠玉为门的天堂之后，不到两个星期，又会感到厌倦，而上帝也将感到束手无策，无法去满足这个不肖孩子的欲望了。现在我们大概都须承认现代的天文学，由于不断的探索整个可以看得到的宇宙，结果已使我们不能不承认这地球本身就是一个天堂。如若不然，则我们所梦想的天堂势必须占着空隙；既须占着空隙，则势必在苍穹里的星中，要不必在群星之间的空虚中。这天堂既然是在有月亮或没有月亮的星球中，那么我就想象不出这天堂怎样会比我们的地球更好。这天堂的月亮或许不止一个而有许多个，如粉红色的、紫色的、碧色的、绿色的、橙黄色的、水蓝色的、土耳其玉色的，此外或许还有更多的虹霓，但我颇疑惑看见两个月亮尚会讨厌的人，看见这许多月亮时，将更易于讨厌。难得看见雪景或虹霓尚会讨厌，常常看见更美丽的虹霓将更易于讨厌了。这天堂之中，或许将有六个季节而不是四个，将同样有春夏和日夜的交替，但我看不出这里边将有什么分别；如若一个人对地球上的春夏季节不感兴趣，又怎会对天堂中的春夏季节感到兴趣呢？我说这番话或许是极愚笨的，也许是极聪明的，但我总不能赞同佛教徒和基督徒以出世超凡思想所假设的虚无缥缈完全属于精神的天堂。以我个人而言，我宁愿住在这个地球，而不愿住在别个星球上。绝对没有一个人能说这个地球上的生活是单调乏味的。倘若一个人对于许多的气候和天空颜色的变化、许多随着月令而循环变换的鲜花依然不知满足，还不如赶紧自杀，而不必更徒然地去追寻一个或许只能使上帝满足而不能使人类满足的可能天堂了。

照着眼前可见的事实而言，大自然的景物声音气味和滋味，实在是和我们的看听闻吃器官具有一种神秘的和谐。这宇宙的景物声音和气味和我们的感受器官的和谐是如此完美这件事，使伏尔泰所讥笑的"宇宙目的论"有了一个绝好的论据。但我们不必一定都做"宇宙目的论"者。上帝或许会请我们去赴他的筵席，或许不请。中国人的态度是不问被邀请与否，总去赴席。菜肴既是这样的丰盛，而我们适又饥饿了，不吃也是呆子。尽管让哲学家去进行他们的形而上学的探讨，让他们去研究我们是否在被邀请之列，但聪明人必会在菜肴未冷之前，动手去吃，饥饿和好的常识常是并行的。

我们的地球实在是一个绝好的星球。第一，上面有日夜和早暮的彼此交替，热的白天接上一个风凉的夜里，人事甚忙的上午之前，必先来一个清爽的早晨。还有什么能比这些更好呢？第二，上面有本身都极完备的夏冬季节的交替，中间加插温和的春秋两季，以逐渐引进大寒和极热。还有什么能比这些更好呢？第三，上面有静而壮观的树，夏天给我们树荫，而冬天并不遮蔽掉暖人的太阳。还有什么比这个更好呢？第四，上面有各种不同的花果，按着月令循环交替。还有什么比这个更好呢？第五，上面有清朗的日子和云雾满天的日子彼此交替。还有什么比这个更好呢？第六，上面有春雨、夏雷、秋风、冬雪。还有什么比这些更好呢？第七，上面有孔雀、鹦鹉、鹨鸟、金丝雀等，或有着美丽的颜色，或有着清脆的鸣声。还有什么比这些更好呢？第八，上面有动物园，里边有猢狲、虎、熊、骆驼、象、犀牛、鳄鱼、海狮、牛、马、狗、猫、狐狸、松鼠、土拨鼠，种类之多为人类意想所不能及。还有什么比这些更好呢？第九，上面有虹鱼、剑鱼、电鳝、鲸、柳条鱼、文蛤、鲍鱼、龙虾、淡水虾、甲鱼，种类之多也是人类意想不到的。还有什么比这些更好呢？第十，上面有伟大的红木树、喷发的火山、伟大的山洞、雄奇的山峰、起伏的山丘、幽静的湖沼、曲折的江河、有荫的堤岸。还有什么比这些更好呢？这张菜单，其花色简直是无穷尽的，可以合任何人的胃口。所以最聪明的法子就是：径自去享用这席菜肴，而不必憎嫌生活的单调。

(越裔 译)
选自湖南文艺出版社《生活的艺术》

  一个真正的人，必须立足于人世，享受人间的生活。林语堂觉得人生就像一首诗，有自己的韵律和节拍。人如果活到七十岁，那能够享受的生活，能够获得的智慧，是十分丰富的。所以，林语堂提倡一种"生活的艺术"，亦即享受一种"闲适"的生活，生活的范围广阔无垠，既有自身，也有家庭，还有大自然。

——鲁迅博物馆原副馆长　陈漱渝

A

LAI

阿来　朗读者

他是茅盾文学奖历史上最年轻的获奖者,他从茶马古道上一个偏僻、贫困、闭塞的小村庄走向了顶级的文学殿堂。他的文学之旅充满了等待,等待知识改变命运,等待文字改变世界。他就是作家阿来。

阿来生于四川西北部的藏区,从小生活的山寨只有二十多户人家。他当过拖拉机手,也当过小学、中学教师,师范中专是他迄今为止的最高学历。他在1994年写完《尘埃落定》,那时他三十五岁。这本书历经波折,直到1998年才得以出版,却在两年后就获得了第五届茅盾文学奖。获奖时,他还是《科幻世界》杂志主编。值得一提的是,《科幻世界》在他手中成为世界上发行量最大的科幻类杂志。

阿来是用汉语书写藏区的最广为人知的作家,他的《格萨尔王》《瞻对》都在传达他对川属藏族文化的现代反思。然而,他不喜欢别人称他为"藏族作家",在他看来,文学的好坏与民族无关。尽管民族性是他的小说最显著的特色,但他一再强调,他不是为了所谓"少数民族风情"而写作。他笔下的村庄,不仅仅是藏族村庄,更是人类的村庄;他写出的寓言,是关于整个人类社会的寓言。

朗读者 ❋ 访谈

董　卿：《尘埃落定》里有一个二少爷，他是个傻子，是个被嘲弄，被边缘化，与现实格格不入的孩子。这个角色里会有一些您童年的影子吗？

阿　来：我童年时代的东西的确在二少爷傻子身上多一点。一般来讲，苦出身的孩子不应该敏感，但是我恰恰不知道为什么就会那么敏感。我们家出身不是很好，人民公社时期嘛，慢慢就比较边缘了。一个五岁多、不到八岁的小孩已经被告知，这个世界上的好事情跟你没有关系，用今天我们的话讲就是，你不想成为一个旁观者，但其实你已经成了一个旁观者。

董　卿：但是您从小读书成绩特别好，对吗？

阿　来：对，我一看到文字就充满兴趣。刚开学一周时间，我就把语文课本看完了。那个时候我们乡村又没什么书，外界就有一条公路通过，有时候从汽车上掉下来一张破报纸，我都会把它捡起来，从头看到尾。

董　卿：1977年恢复高考真的给您带来了一次机会。

阿　来：对。记得考试前一天，我晚上十二点下班。回到工地的工棚里吃了点东西，借一辆自行车，打着手电，骑二十来公里，两个多小时。土路、山路、上坡、下坡、骑到县城，还没天亮。冬天很冷啊，我没有睡觉，等到天亮，考试，考完就回去了。然后就天天等。那时候我们工地附近几公里有个小邮局，要走一个多小时，我差不多每天去一趟。问到一个多星期

以后人家都知道我了，很远地看见我就跟我摇手说："你回去吧，没有。"等到我都几乎不再等的时候，有一天我从邮局经过，突然有人说："有你的信了！"我一打开，是我们当地的一所师范学校发来的录取通知书。那是我真正读书的开始。直到那个时候我才知道图书馆，虽然学校的图书馆规模不大，也就只有几千册书吧，可当时我哪儿见过这么多书啊！我就泡在图书馆里，后来慢慢地跟图书馆的老师认识了，平时下班就故意让他们把我关在里头，我在里头读通宵。(掌声)

董　卿：您是从1994年开始写《尘埃落定》的吗？

阿　来：对。1989年我同时出了两本书，那时候被旁边人叫诗人、作家。这两个词，不管今天贬值了多少，我内心至今都觉得是非常神圣的。我觉得我当不起。从1989年底开始一直到1994年，

　　　　我一个字都没写过。那时候我们正在省里开一个青年作家创作会，开完会下山，大家都上了中巴车了，我却背个双肩包下来了。没有任何预估，我顺着大渡河河边往上游走，我的家乡也在上游。结果这一走，我差不多走到了源头。

董　卿：走了多少公里？

阿　来：七八百公里吧。这一次走下来，我觉得我好像领悟到了一点儿什么，我开始严肃地对待文学这件事。有时我一天就走二三十公里，在清晨、黄昏、暴风雨之前、暴风雨之后。那种美给你的震撼慢慢会内化到你自己的情感和精神里去。重新书写的时候，你发现你的语言好像都受了那些影响。

董　卿：就像后来您写《尘埃落定》，第一行字就是"那是个下雪的早晨"。

阿　来：其实那时候是夏天，我家窗户外有一面山坡，白桦树很清新，刚刚发芽。突然一下，我好像想写东西，故事就这样开始了。写到三分之一的时候，我儿子七八岁了，他坐在那儿，我对他说："你爸是天才！"（全场笑）

　　　　写到秋天，那些人开始一个一个走向他们的结局。白桦树也开始落叶，开始凋零了。我写完小说的那一天，我一看树林，树叶早掉光了。

董　卿：但当时您肯定没有想到，这样一部充满激情写的、认为天才般的作品，它的出版让您等了那么长时间。

阿　来：对呀，我想过几天就是风行天下，洛阳纸贵了。结果，去一家说不行，去两家，不行……一直去了十几家。

董　卿：为什么说不行？

阿　来：很多人说，这个小说写得还可以吧，但是太高雅了。今天市场化，读者不喜欢这样的东西，读者喜欢更通俗的东西，比如琼瑶的。我说，我不会写那种东西，就会写我的。我还说，没人出就算了，现在不出，总有一天会出。这本书只有一种情况可以改，你们发现错别字，就请改一下；如果没有就算了。

董　卿：是不是您在写作过程中，感觉自己和"作家"这两个字匹配了？

阿　来：对啊。后来有朋友问我这一年干什么了，我说，我干了一件对得起我自己的事情。我知道我这辈子是可以干这件事情的。

董　卿：当您可能等得又一次失去了信心的时候，机会又来了。

阿　来：对。我写完这本书都已经四年了，人民文学出版社的几个编辑跟我说，我们听说你有部小说，给我们看看吧。过了一个多月他们说，把合同签了吧。当时签的合同，我记得是印两万册。后来我回成都不久又接个电话，说他是人民文学出版社的，我说，什么事？是不是又反悔了？（全场笑）他说，不是，我个人太喜欢这本书了。白天看了不算，晚上回去看，看了个通宵就看完了，自己很激动。早上敲社长的门说，这本书印两万册太少了，我们得印个十万八万的。（全场惊叹）

董　卿：1998年到现在整整二十年，这本书一再再版，到目前为止销售已经超过了两百万册吧？

阿　来：两百多万。我们肯定都等待过什么，对我自己来讲，比如等一本词典、一个通知书。如果我们一辈子都把每个等待的具体目标固化在物质层面上，听起来也无可厚非，但有点悲哀。在成年以后，我觉得更多的建设应该放在我们自己的心灵和情感上。

董　卿：我非常赞成，其实所谓等待，就是在寻找一种使命。您今天要为大家朗读什么呢?
阿　来：还是朗读《尘埃落定》。
董　卿："尘埃落定"四个字本身就有等待的含义。
阿　来：我把这段朗读献给滋养了这本书的民族和土地，当然这片土地也滋养了我。

尘埃落定（节选）

阿 来

我想，麦其家的傻瓜儿子已经升天了，不然，怎么会有那么多明亮的星星挂在眼前。是沉重的身躯叫我知道自己还活着。我从碎石堆里站起来，扬起的尘土把自己给呛住了。

我在废墟上弯着腰，大声咳嗽。

咳嗽声传开去，消失在野地里了。过去，在这里，不管你发出什么声音，都要被官寨高大的墙壁挡住，发出回声。但这回，声音一出口，便消失了。我侧耳倾听，没有一点声音，开炮的人看来都开走了。麦其一家，还有那些不肯投降的人都给埋在废墟里了。他们都睡在炮火造成的坟墓里，无声无息。

我在星光下开始行走，向着西边我来的方向，走出去没有多久，我被什么东西绊倒了。起身时，一支冷冰冰的枪筒顶在了脑门上。我听见自己喊了一声："砰！"我喊出了一声枪响，便眼前一黑，又一次死去了。

天亮时，我醒了过来。麦其土司的三太太央宗正守在我身边哭泣，她见我睁开眼睛，便哭着说："土司和太太都死了。"这时，新一天的太阳正红彤彤地从东方升起来。

她也和我一样，从碎石堆里爬出来，却摸到解放军的宿营地里了。

红色汉人得到两个麦其土司家的人，十分开心。他们给我们打针吃药，叫他们里边的红色藏人跟我们谈话。他们对着麦其官寨狠狠开炮，却又殷勤地对待我们。红色藏人对我们说啊说啊，但我什么都不想说。想不到这个红色藏人最后说，按照政策，只要我依靠人民政府，还可以继承麦其土司位子。

说到这里，我突然开口了。我说："你们红色汉人不是要消灭土司吗？"

他笑了，说："在没有消灭以前，你可以继续当嘛。"这个红色藏人说了好多话，其中有我懂得的，也有不懂得的。其实，所有这些话归结起来就是一句：在将来，哪怕只当过一天土司，跟没有当过土司的人也是不一样的。我问他是不是这个意思。

他咧嘴一笑，说："你总算明白了。"

队伍又要出发了。

解放军把炮从马背上取下来，叫士兵扛着，把我和央宗扶到了马背上。队伍向着西面迤逦而去。翻过山口时，我回头看了看我出生和长大的地方，看了看麦其土司的官寨，那里，除了高大的官寨已经消失外，并看不出多少战斗的痕迹。春天正在染绿果园和大片的麦田，在那些绿色中间，土司官寨变成了一大堆石头，低处是自身投下的阴影，高处，则辉映着阳光，闪烁着金属般的光泽。望着眼前的景象，我的眼里涌出了泪水。一小股旋风从石堆里拔身而起，带起了许多的尘埃，在废墟上旋转。在土司们统治的河谷，在天气晴朗，阳光强烈的正午，处处都可以遇到这种陡然而起的小小旋风，裹挟着尘埃和枯枝败叶在晴空下舞蹈。

今天，我认为，那是麦其土司和太太的灵魂要上天去了。

旋风越旋越高，最后，在很高的地方炸开了。里面，看不见的东西上到了天界，看得见的是尘埃，又从半空里跌落下来，罩住了那些累累的乱石。但尘埃毕竟是尘埃，最后还是重新落进了石头缝里，只剩寂静的阳光在废墟上闪烁了。我眼中的泪水加强了闪烁的效果。这时候,我在心里叫我的亲人,我叫道:"阿爸啊!阿妈啊!"

我还叫了一声:"尔依啊!"

我的心感到了前所未有的痛楚。

队伍拥着我翻过山梁,便什么也看不见了。

我留在山谷里的人还等在那里,给了我痛苦的心一些安慰。远远地,我就看见了搭在山谷里的白色帐篷。他们也发现了解放军的队伍。不知是谁向着山坡上的队伍放了几枪。我面前的两个红色士兵哼了一声,脸冲下倒在地上了,血慢慢从他们背上渗出来。好在只有一个人放枪。枪声十分孤独地在幽深的山谷里回荡。我的人就呆呆地站在那里,直到队伍冲到了跟前。枪是管家放的。他提着枪站在一大段倒下的树木上,身姿像一个英雄,脸上的神情却十分茫然。不等我走近,他就被人一枪托打倒,结结实实地捆上了。我骑在马上,穿过帐篷,一张张脸从我马头前滑到后面去了。每个人都呆呆地看着我,等我走过,身后便响起了一片哭声。不一会儿,整个山谷里,都是悲伤的哭声了。

解放军听了很不好受。每到一个地方,都有许许多多人大声欢呼。他们是穷人的队伍,天下占大多数的都是穷人,是穷人都要为天下终于有了一支自己的队伍大声欢呼。而这里,这些奴隶,却大张着愚不可及的嘴哭起他们的主子来了。

我们继续往边界上进发了。

两天后,镇子又出现在我们眼前,那条狭长的街道,平时总是尘土飞扬,这时也像镇子旁边那条小河一样,静悄悄的没有一点声息。队伍穿过街道。那些上着的门板的铺子里面,都有眼睛在张望,就是散布梅毒的妓院也前所未有的安静,对着街道的一面,放下了粉红色窗帘。

解放军的几个大官住在了我的大房子里。他们从楼上望得见镇子的全部景象。他们都说，我是一个有新脑子的人，这样的人跟得上时代。

我对他们说我要死了。

他们说，不，你这样的人跟得上时代。

而我觉得死和跟不跟得上时代是两码事情。

他们说，你会是我们共产党人的好朋友。你在这里从事建设，我们来到这里，就是要在每一个地方都建起这样漂亮的镇子。最大的军官还拍拍我的肩膀，说："当然，没有鸦片和妓院了，你的镇子也有要改造的地方，你这个人也有需要改造的地方。"

我笑了。

军官抓起我的手，使劲摇晃，说："你会当上麦其土司，将来，革命形势发展了，没有土司了，也会是我们最好的朋友。"

但我已经活不到那个时候了。我看见麦其土司的精灵已经变成一股旋风飞到天上，剩下的尘埃落下来，融入大地。我的时候就要到了。我当了一辈子傻子，现在，我知道自己不是傻子，也不是聪明人，不过是在土司制度将要完结的时候到这片奇异的土地上来走了一遭。

是的，上天叫我看见，叫我听见，叫我置身其中，又叫我超然物外。上天是为了这个目的，才让我看起来像个傻子的。

选自人民文学出版社《尘埃落定》

《尘埃落定》这部小说视角独特,有丰厚的藏族文化意蕴。轻淡的一层魔幻色彩增强了艺术表现开合的力度,语言轻巧而富有魅力,充满灵动的诗意,显示了作者出色的艺术才华。

——第五届茅盾文学奖评委会

YANG HUI SHAN

ZHANG YI

杨惠姗　朗读者
张毅

在这个世界上，有些等待在最初的时候并不被理解，有些等待背负着难以想象的代价。三十年前，杨惠姗是台湾影坛炙手可热的电影明星，曾主演一百二十多部电影，凭《小逃犯》和《我这样过了一生》成为台湾金马奖历史上第一个两年连庄最佳女主角。她的丈夫张毅则是台湾新浪潮电影最具代表性的导演，曾凭借《我这样过了一生》获台湾金马奖最佳导演奖。谁也没有想到，1987年，就在两个人事业处于巅峰的时候，他们毅然转身，退出了影坛。

他们一切归零，从头开始，把全部身心、全部家当都投入了陌生的琉璃艺术。中国的琉璃艺术历史悠久，最早在商、周就有记载，到了汉代，琉璃制作工艺已十分成熟。然而现在，这项工艺竟面临着失传的危险。杨惠姗、张毅夫妇决定找回中国的琉璃艺术，同时在这过程中寻找到内心的平和。

他们在台湾创立了第一个琉璃工作室——琉璃工房。从艺人到匠人，他们相互扶持，用了三十年时间潜心钻研，终于恢复了失传两千多年的琉璃脱蜡铸造法。从北京故宫博物院到英国维多利亚与艾伯特博物馆，杨惠姗和张毅的艺术作品创下了二十多家世界级重要博物馆的收藏纪录。琉璃工房成为当今华人世界最具规模的琉璃艺术和文化品牌之一，他们夫妇二人也成为中国现代琉璃艺术的主要推动者。

他们用时间熬成了最美的艺术，也用时间成就了最美的爱情。

朗读者 ❋ 访谈

董　卿：二十世纪八十年代你们二位在台湾影坛炙手可热，获奖无数。那也是一段很辉煌的岁月。

张　毅：现在看当然感触很大。

杨惠姗：好像在看别人一样，都觉得好像是另一个人，另一个世界。

董　卿：为什么突然就从电影人变成了手艺人？

张　毅：在拍电影《我的爱》的时候，我们就接触到所谓的水晶玻璃，很有意思。我觉得它像生命一样，看起来非常华丽、庄严，但是一不小心掉到地上就破了。

董　卿：白居易说："大都好物不坚牢，彩云易散琉璃脆。"

杨惠姗：我当它是一个缘分，像生命中注定的。你看，莫名其妙拍了一百多部电影，现在回头想起来，其实好像是在为琉璃创作做生命的学习。

董　卿：可是就琉璃来讲，二位毕竟是门外汉，你们怎么开始的？

杨惠姗：从零，甚至可以说从负数开始。

张　毅：有一种工艺叫水晶玻璃的脱蜡铸造法，当时只有法国人会做，那是他们的祖传秘方，他们是不可能卖给你的。我们觉得那没什么了不起，就从买蜡烛、煮蜡烛开始，研究这种工艺。

董　卿：拿铁锅煮蜡烛？（笑）

张　毅：是的，我成了她一辈子的笑话。十五万的投资，大概半年就没了。惠姗几乎所有的积蓄都被悉数烧光了，哥哥、姐姐、爸爸的房子同时抵押，都烧完了以后，还有大量的负债，我记得有七千五六百万新台币吧。那时候惠姗负责研究、开发，

我负责借钱。

董　卿：（笑）去哪里借钱？

张　毅：朋友一听张毅的电话都不接了，就知道我要干吗。银行第一次贷完了，还是不够，又去。有时候他们调侃我说："张毅又来银行了，怎么老看到你啊，杨惠姗呢？"我就叫惠姗过去，我们两个站那儿，后来才发现他们就是看看我们而已。有时候我们站着，他们就解散，去吃午饭了。

杨惠姗：我知道张毅会很难过，我觉得还好，我的个性一向很阳光，所以我觉得碰到事情就是碰到了嘛，反正两个人一起嘛。

董　卿：您在创作中一定遇到过很多很多次失败，是吗？

杨惠姗：我们的制作工艺分为十二道工序，每一道工序都会经历上千万次失败，因为每一道工序都有很专业的技术，我们是一窍不通，每天都跟在猜谜一样：是不是水多了？是不是水少了？

张　毅：就会发生我们最有名的惨剧。

杨惠姗：那个炉子烧了。

张　毅：已经山穷水尽了，一个炉子又是八十万到一百万新台币，而且烧了炉子还不知道为什么。

董　卿：听说淡水琉璃工房有一个琉璃冢，所有失败的作品都在里面堆成山。

张　毅：以前烧出了一匹马，一看，腿没有了。可你真的下不了手砸它，于是就找了一个五六米大的坑，把它搁进去。后来我们就说，那是一个琉璃冢。

董　卿：里面有多少件作品？

张　毅：难以想象，堆积如山。

杨惠姗：几百上千的。（掌声）

董　卿：你们没有觉得走不下去了吗？

张　毅：我们会跟自己说，虽然是失败了，但这是中国琉璃工艺史上第一次出现这样的造型。

董　卿：为了让我们民族失传了两千多年的一种工艺能重见天日。

杨惠姗：是的。

张　毅：我们在国外展览，无意间有别的国家的学者告诉我们，你们为什么不去看一下河北满城的中山靖王墓？金缕玉衣边上有两个耳杯，那就是中国最早出土的、用铸造法做的琉璃文物。我们两个人都非常难过，为无知惭愧啊。从此我们反而有了一个很大的冲劲，就是要告诉全世界，中国人早就有了脱蜡铸造。（掌声）

董　卿：当年第一件成功的作品是什么？

杨惠姗：《第二大愿》。琉璃是佛家七宝之一，《药师经》的"第二大愿"

说的是："愿我来世得菩提时，身如琉璃，内外明彻，净无瑕秽……"

张　毅：我觉得它是一种状态，就是你真正有智慧的时候，你应该自己变成透明的，没有任何杂质。

董　卿：第一件成功的作品是在你们创立琉璃工房多长时间之后出现的？

杨惠姗　张　毅：（一起）四五年以后。

董　卿：我听说张老师经常叫惠姗姐"愣子"。她干起活来的时候是不是特别愣？

张　毅：我没什么耐性，我做一点事超过四十五分钟就想去看看别的；她一坐下是不动的，她可以三天三夜、一个礼拜都不动。有时，半夜一点我醒过来，身边没人；三点醒来，还是没人；七点醒来，还是没有人。一天这样，两天这样。所以我常常开玩笑说，假设有一天早上伙伴告诉我说杨小姐走了，我是不是立刻决定不要再做了，我们放弃。后来我想，对于她这样的人来说，做下去比任何事情都重要。有时候他们说她一站四十几个小时，腿都水肿了，她自己都不知道。

杨惠姗：（点头）

董　卿：在最难的时候有没有相互埋怨？

杨惠姗：不可以。我觉得能够在一起做就很开心了，那个才是最重要的。1998年他心肌梗死，当时我的眼泪真的就是直接掉下来，不知道怎么办。我们工作在一起，当然生活在一起，每一分、每一秒、每一个地方几乎都是两个人一起，这个人怎么可以不在？所以他在病房的时间，我就带着我的工具和图在病房里做。其实心是慌的，我就是要抓回我们一起工作的感觉。

董　卿：为什么当时做出来的是这样一件作品？

杨惠姗：我也不知道。我就是在病房里一面看着他，一面做这件作品。后来，他给取名叫《倾听》，很能说明当时的感觉，就是倾听生命，倾听无常。

董　卿：余光中先生特地为你们俩创作了一首诗《琉璃观音》，他是这样写的："这琉璃的清凉世界／原来在酷焰中炼就／看我，已百害不侵"。

杨惠姗：我们一直认为做琉璃的过程中挫折很多，很辛苦，某种程度上我们越来越觉得做琉璃是一种修行。

董　卿：今天你们要为我们朗读什么呢？

张　毅：我想透过丰子恺先生的作品，用"渐"字提醒人们，这个世界存在一些有意义的事情，谨以此篇献给普天之下虽然挫折不断却仍然乐观奋斗的所有朋友。

渐

丰子恺

使人生圆滑进行的微妙的要素，莫如"渐"；造物主骗人的手段，也莫如"渐"。在不知不觉之中，天真烂漫的孩子"渐渐"变成野心勃勃的青年；慷慨豪侠的青年"渐渐"变成冷酷的成人；血气旺盛的成人"渐渐"变成顽固的老头子。因为其变更是渐进的，一年一年地、一月一月地、一日一日地、一时一时地、一分一分地、一秒一秒地渐进，犹如从斜度极缓的长远的山坡上走下来，使人不察其递降的痕迹，不见其各阶段的境界，而似乎觉得常在同样的地位，恒久不变，又无时不有生的意趣与价值，于是人生就被确实肯定，而圆滑进行了。假使人生的进行不像山坡而像风琴的键板，由 do 忽然移到 re，即如昨夜的孩子今朝忽然变成青年；或者像旋律的"接离进行"地由 do 忽然跳到 mi，即如朝为青年而夕暮忽成老人，人一定要惊讶、感慨、悲伤，或痛感人生的无常，而不乐为人了。故可知人生是由"渐"维持的。这在女人恐怕尤为必要：歌剧中，舞台上的如花的少女，就是将来火炉旁边的老婆子，这句话，骤听使人不能相信，少女也不肯承认，实则现在的老婆子都是由如花的少女"渐渐"变成的。

人之能堪受境遇的变衰，也全靠这"渐"的助力。巨富的纨绔子弟因屡次破产而"渐渐"荡尽其家产，变为贫者；贫者只得做佣工，佣工往往变为奴隶，奴隶容易变为无赖，无赖与乞丐相去甚近，乞丐不妨做偷儿……这样的例，在小说中，在实际上，均多得很。因为其变衰是延长为十年二十年而一步一步地"渐渐"地达到的，在本人不感到什么强烈的刺激。故虽到了饥寒病苦刑笞交迫的地步，仍是熙熙然贪恋着目前的生的欢喜。假如一位千金之子忽然变了乞丐或偷儿，这人一定愤不欲生了。

这真是大自然的神秘的原则，造物主的微妙的功夫！阴阳潜移，春秋代序，以及物类的衰荣生杀，无不暗合于这法则。由萌芽的春"渐渐"变成绿荫的夏；由凋零的秋"渐渐"变成枯寂的冬。我们虽已经历数十寒暑，但在围炉拥衾的冬夜仍是难于想象饮冰挥扇的夏日的心情；反之亦然。然而由冬一天一天地、一时一时地、一分一分地、一秒一秒地移向夏，由夏一天一天地、一时一时地、一分一分地、一秒一秒地移向冬，其间实在没有显著的痕迹可寻。昼夜也是如此：傍晚坐在窗下看书，书页上"渐渐"地黑起来，倘不断地看下去（目力能因了光的渐弱而渐渐加强），几乎永远可以认识书页上的字迹，即不觉昼之已变为夜。黎明凭窗，不瞬目地注视东天，也不辨自夜向昼的推移的痕迹。儿女渐渐长大起来，在朝夕相见的父母全不觉得，难得见面的远亲就相见不相识了。往年除夕，我们曾在红蜡烛底下守候水仙花的开放，真是痴态！倘水仙花果真当面开放给我们看，便是大自然的原则的破坏，宇宙的根本的摇动，世界人类的末日临到了！

"渐"的作用，就是用每步相差极微极缓的方法来隐蔽时间的过去与事物的变迁的痕迹，使人误认其为恒久不变。这真是造物主骗人的一大诡计！这有一件比喻的故事：某农夫每天朝晨抱了犊而跳过一沟，到田里去工作，夕暮又抱了它跳过沟回家。每日如此，未尝间断。过了一年，犊已渐大，渐重，差不多变成大牛，但农夫全不觉得，仍是抱了它跳沟。有一天他因事停止工作，次日再就不能抱了这牛而跳沟了。造物的骗人，使人留连于其每日每时的生的欢喜而不觉其变迁与辛苦,就是用这个方法的。人们每日在抱了日重一日的牛而跳沟,不准停止。自己误以为是不变的,其实每日在增加其苦劳!

我觉得时辰钟是人生的最好的象征了。时辰钟的针,平常一看总觉得是"不动"的;其实人造物中最常动的无过于时辰钟的针了。日常生活中的人生也如此,刻刻觉得我是我,似乎这"我"永远不变,实则与时辰钟的针一样地无常!一息尚存,总觉得我仍是我,我没有变,还是留连着我的生,可怜受尽"渐"的欺骗!

"渐"的本质是"时间"。时间我觉得比空间更为不可思议,犹之时间艺术的音乐比空间艺术的绘画更为神秘。因为空间姑且不追究它如何广大或无限,我们总可以把握其一端,认定其一点。时间则全然无从把握,不可挽留,只有过去与未来在渺茫之中不绝地相追逐而已。性质上既已渺茫不可思议,分量上在人生也似乎太多。因为一般人对于时间的悟性,似乎只够支配搭船乘车的短时间;对于百年的长期间的寿命,他们不能胜任,往往迷于局部而不能顾及全体。试看乘火车的旅客中,常有明达的人,有的宁牺牲暂时的安乐而让其座位于老弱者,以求心的太平(或博暂时的美誉);有的见众人争先下车,而退在后面,或高呼"勿要轧,总有得下去的!""大家都要下去的!"然而在乘"社会"或"世界"的大火车的"人生"的长期的旅客中,就少有这样的明达之人。所以我觉得百年的寿命,定得太长。像现在的世界上的人,倘定他们搭船乘车的期间的寿命,也许在人类社会上可减少许多凶险残惨的争斗,而与火车中一样地谦让,和平,也未可知。

然人类中也有几个能胜任百年的或千古的寿命的人。那是"大人格""大人生"。他们能不为"渐"所迷,不为造物所欺,而收缩无限的时间并空间于方寸的心中。故佛家能纳须弥于芥子。中国古诗人(白居易)说:"蜗牛角上争何事?石火光中寄此身。"英国诗人(Blake)

也说:"一粒沙里见世界,一朵花里见天国;手掌里盛住无限,一刹那便是永劫。"

一九二八年芒种

选自人民文学出版社《丰子恺散文》

  当时的朋友中浙江人居多,那一批浙江朋友们都有一股清气,即日常生活也别有一般趣味,却不像普通文人风雅相高。子恺于"清"字之外又加上一个"和"字。他的儿女环坐一室,时有憨态,他见着居然微笑;他自己画成一幅画,刻成一块木刻,拿着看着,欣然微笑;在人生世相中他偶然遇见一件有趣的事,他也还是欣然微笑。他老是那样浑然本色,无忧无嗔,无世故气,亦无矜持气。黄山谷尝称周茂叔"胸中洒落如光风霁月",我的朋友中只有子恺庶几有这种气象。

——美学家、文艺理论家 朱光潜

CHENG BU SHI

程不时

朗读者

2017年5月5日，一架我国拥有完全自主知识产权的新一代大型喷气式客机C919腾空而起，震耳欲聋的轰鸣声回响在每一个中国人的耳畔。在观看首飞的欢呼的人群中，有一位老人仰望天空，眼里饱含泪水。他就是中华人民共和国第一代飞行设计师、C919专家顾问团成员——程不时。为了这一刻，他足足等了四十八年。

1930年，程不时出生于湖南醴陵。他的少年时代，正是抗日战争的艰苦岁月。他曾亲眼见过"飞虎队"和日本敌机在空中搏斗，心中很早就立下"设计飞机"的宏愿。1947年，程不时考入清华大学航空工程系，开始一步步开启他梦寐以求的飞机设计事业。1956年，他临危受命担任我国第一飞机设计室总体设计组组长，年仅二十六岁。两年后，歼教-1首飞成功，这是中国自行设计和制造的第一架喷气式飞机。然而，程不时心中还有一个更大的目标——大飞机。

1970年8月，中国启动"708"工程，开始研发大型客机运-10，程不时担任副总设计师。运-10的研制，足足花了十年，直到1980年才首飞成功。它曾七次飞抵西藏拉萨，是中国第一架自行设计的飞跃"世界屋脊"的飞机。可惜由于缺乏后续资金，运-10计划最终搁置，成为程不时心中挥之不去的遗憾。1986年，程不时提前四年退休，但他仍会花大量时间撰写相关意见，为研发大飞机奔走呼告。值得高兴的是，他最终等来了C919成功首飞，这位空中梦想家一生的梦想，终于得以实现。

朗读者 ❋ 访谈

董　卿：2017年5月5日，您作为专家顾问团成员观看了C919的首飞，听说那天您挂着拐杖，从头到尾站着看了全过程。

程不时：是的。（屏幕播放C919首飞视频资料和对程不时的采访，他说："今天我在起飞的现场亲眼看到C919腾飞。作为中华人民共和国第一代飞机设计师，我心里感到非常高兴。"）我从清华大学航空工程系毕业就投入到我们祖国航空建设的战线，经历了六十七年的服务与奋斗，所以心潮澎湃，很激动。

董　卿：1947年程老就考取了清华大学的航空工程系，可以说那个时候也真正确立了未来的志向。

程不时：我确立了这样的志向，但是时机好像不是太有利。那个时候是在中华人民共和国成立前，我们的航空工业、科学技术等都不怎么发达，我们确实有一些同学就转了专业，但是我想，我一定要坚持。我非常幸运，在念到大学二年级的时候，中华人民共和国成立了，我们清华大学的学生要参加天安门前的开国大典，大家一起商量做个什么灯笼。后来大家想，我们是航空系的，就做一架飞机灯，那是一个很大的飞机模型。当我们通过天安门的时候，我看到天安门上刚被选出来的领导人们齐声鼓掌，我当时很感动。他们鼓掌不是说这个灯笼做得多么好，而是表达你们有志为中国制造飞机，这是很值得欢迎的事情。

董　卿：1956年，我们国家决定制造第一架飞机歼教-1的时候，就把您招募到这个队伍里当设计组组长。当时设计人员的平均

年龄大概是多少?

程不时:平均年龄只有二十二岁,我当时二十六,已经算老的了。(笑)

董　卿:这么年轻的一支队伍来设计中华人民共和国的第一架飞机,有没有人会质疑你们啊?

程不时:那当然,我在航空工业局一起工作的一些老同事都会趴到我的肩膀上问我,你们设计的飞机飞得起来吗?我觉得很生气,我说,怎么飞不起来?我就是设计飞机的,而且我们的老师也都是很了不起的,他们在全世界和一些著名的科学家共事和学习,不要轻视他们。我们会为国家的国防生产和科学技术的发展起很好的作用。

董　卿:1958年7月26日,歼击教练机-1首飞成功。

程不时:那天确实是里程碑式的日子。试飞完成以后,叶剑英元帅和空军司令员刘亚楼特别到我们飞机设计单位观看这架飞机的试飞表演。驾驶飞机的是一个年轻的军官于振武，他在三十多年后也担任了空军司令员，所以说那张照片上有一位元帅、两位司令员，这是很巧的，也是歼教-1研制中的一段历史。

董　卿：程老的第二个"第一"就是我们国家第一架自主研造的喷气式民用客机运-10。

程不时：六十年代，周总理访问欧洲，我们是开着螺旋桨飞机出去的，结果有人就嘲笑说，中国还没有进入喷气时代；还有人讽刺说，中国是一只没有翅膀的雄鹰。到了七十年代，一个八月国家给我们下达了任务，要我们研制一种政府出国专机，叫作运-10飞机。

董　卿：歼教-1从开始设计到它完成首飞不到两年，但运-10前前后后是十年的时间。

程不时：对。一个是方案设计阶段，一个是技术设计阶段，第三个是发生产图的阶段。我们大概有几十万张图吧，像A4大小的图纸铺开来大概有几个足球场那么大。国外有一句玩笑话：当这些文件、资料、试验报告堆起来的重量跟飞机的起飞重量差不多的时候，这架飞机就差不多可以起飞了。（笑）

董　卿：几十万张图纸啊，怎么画出来的呢？

程不时：我们当时已经有了一些CAD（Computer Aided Design，计算机辅助设计）。上海市政府有个计算中心，但是我们的计算量太大，会侵占其他单位的使用时间，因此后来规定晚上十二点以后到早晨六点以前的这段时间是供飞机设计室做研究的。所以我们常常是半夜出行，算到凌晨、清晨，算到曙光出现的时候，才骑个自行车回来。

董　卿：不仅工作的条件挺艰苦的，生活的条件也挺艰苦的。

程不时：我们当时的房子好像是十七平方米吧，我们家三代六个人住在房间里，放不下那么多床，已经是双层床了还是不行，于是晚上撑开行军床，我就坐在一个木头箱子上开始编程序。（笑）有一次，房间里烧着煤油炉，我两岁的小孩走过来的时候不小心，一屁股坐到那上面了，都烫伤了。房子太小了，烧饭在里面，住也在里面。不过，即使到了那个程度，人还不是那么脆弱，在任务面前，还是能够奋力去完成。

　　我们旁边有个飞机工厂，飞机运进厂里修理时是装箱进来的，那个箱子比较大，我们有的设计组看到实在没地方办公了，就把包装箱拿过来，开个门，搬几张桌子进去，坐在箱子里头办公。夏天我们在龙华机场工作，外面是草地，所以有很多蚊虫。大家也有发明创造，比如用报纸把手包起来再绘图，这样做一方面避免蚊虫叮咬，一方面避免汗滴在图纸上。虽然这样工作，但还是完成了很多设计，我觉得人还是很有韧性的。经过我们的艰苦奋斗，终于看到运－10顺利地飞到祖国大地的四面八方，我感到很欣慰。（掌声）

董　卿：1980年9月是运－10的首飞时间。

程不时：大家付出了十年的劳动，其实不只是在场的几千人有付出，全国好多地方都贡献了力量。首飞时大家都站在跑道上，其中有一位工程师是挂着一个瓶子来参加的，他动过手术以后，体内的积液还要经过瓶子排出去。但他说，我要亲自看着这架飞机起飞。

董　卿：运－10是我们国家第一架能够飞过而不是穿过喜马拉雅山脉的飞机。

程不时：当时的飞机都在山谷里头飞行，所以很危险，常常有飞机掉下来。为了维持飞过喜马拉雅山的这条航线,牺牲了几千名飞行员,那儿的山谷甚至有了"铝谷"之称——布满了飞机撒下来的碎掉的粉。直到我们研制了运-10,它高高地飞在喜马拉雅山的上空,就不在乎再有什么"铝谷"问题了。一年内我们飞了七次。贡嘎机场有个解放军战士站岗,看到来了个大飞机,他问:"这是什么飞机?"人家告诉他,这是中国研制的运-10,是第一次到达拉萨的中国自行设计的飞机。那个战士听见以后,马上举枪敬礼。(掌声)

董　卿:1949年10月1日,您和您的同学们做了一个纸飞机的灯笼经过天安门广场;1984年10月1日,运-10模型作为科研成果飞过天安门广场。

程不时:我感到这就是历史。这是一个前进的历史,是逐渐走向辉煌的历史。

董　卿:所以有人说,任何伟大的等待都是不会去问值不值得的,不是说有希望才去等,而是等了,就会有希望。今天现场我们还请了两位很特殊的来宾,一位是C919副总设计师赵克良先生,还有一位是C919飞机工程师汤家力,二位好,欢迎你们!

　　　　C919很现代化的、宽敞的生产基地里停放着一架运-10,虽然飞机已经显得有些斑驳老旧了,但我想,是不是也有它的意义在其中?

赵克良:是的。在那架飞机下面还有一块大石头,石头上刻着四个字:"永不放弃"。实际上每次我经过这个地方,我的心情都非常澎湃。程老是我们第一代民机设计师,我大概相当于第二代,家力算是第三代吧。中华人民共和国民用飞机行业经过了几

　　　　十年的艰苦磨难才取得了成果，这也是一种宝贵的财富。
汤家力：程老是我们清华航空系毕业的，我是他的小校友。我相信C919不是石头里蹦出来的孙猴子，没有程老和运—10的积累，就没有C919。同时在我们C919的研制过程中，以程老为代表的运—10老专家们也确实给我们提供了很多经验、技术和方法上的指导，让我们非常感激。
董　卿：我们期待着能够早日乘坐C919游历世界，期待着那天的到来！（掌声）三位会共同为我们完成今天的朗读吗？
程不时：读一首小诗吧，献给我们新的航空人和年轻的一代。
董　卿：从1970年到1980年，我国自主研发的第一架喷气式民用客机运—10用了十年的时间试飞成功；从2007年到2017年，C919同样十年磨一剑，这其中有几代中国航空人刻苦奉献的精神在传承。当然，有所不同的是，随着国力的强大，随着国运的昌盛，新时代赋予了建设者更多的机遇和挑战。就让我们一起等待，遇见更多的奇迹。

祖国呵,我亲爱的祖国

舒 婷

我是你河边上破旧的老水车,
数百年来纺着疲惫的歌;
我是你额上熏黑的矿灯,
照你在历史的隧洞里蜗行摸索;
我是干瘪的稻穗;是失修的路基;
是淤滩上的驳船
把纤绳深深
勒进你的肩膊;
——祖国呵!

我是贫困,
我是悲哀。
我是你祖祖辈辈
　　痛苦的希望呵,
是"飞天"袖间
千百年来未落在地面的花朵;
——祖国呵!

我是你簇新的理想,

刚从神话的蛛网里挣脱；
我是你雪被下古莲的胚芽；
我是你挂着眼泪的笑涡；
我是新刷出的雪白的起跑线；
是绯红的黎明
　　　正在喷薄；
——祖国呵！

我是你的十亿分之一，
是你九百六十万平方的总和；
你以伤痕累累的乳房
喂养了
迷惘的我、深思的我、沸腾的我；
那就从我的血肉之躯上
去取得
你的富饶、你的荣光、你的自由；
——祖国呵，
我亲爱的祖国！

1979 年 4 月

选自人民文学出版社《舒婷的诗》

（本诗由程不时、赵克良和汤家力在节目现场，以及八十二岁的 ARJ21 总设计师吴兴士与孟庆堂、朱林刚、黄宇峰、张建平、周琦炜、蔡志清、曹俊章、孙佳伟、李晓菲、商喜庆、陈丽丽等人在场外共同朗读。)

  诗只有三十四行,却用了十四个分号。这些分号内的副句,时长时短,体现着节奏旋律的变化。这首诗带有政治色彩,但它不议论,只描绘,也是一个特色。诗中所有的象征和比喻,既质朴、又漂亮,每一个词都与被描绘的景物、形象紧密契合。诗人既用含有自己民族要素的眼睛观察,又以人民能理解的民族语言手段和表达方法,写出人民内心生活和外部生活的精神实质和典型色调,她感到和说出的也正是同胞所感到和所要说的。

——诗人 蔡其矫

路

Road

在这个世界上有多少条路？小路、大路、水路、航路、网路……它们串联起了整个世界。而对于我们每一个生命个体来讲，我们也拥有一条属于自己的路，蹒跚起步便永远无法回头。在这条路上充满欢喜、忧伤、平顺、坎坷、阳光、风雨，这是一条属于我们的人生的路。

路
Road

"路"这个字是由"足"和"各"组成的，仿佛告诉我们，路在脚下，各自有各自的路。或许是凯鲁亚克《在路上》里的"我们永远年轻，永远热泪盈眶"，也或许是李娟的"沿着漫漫时光，沿着深沉的畏惧与威严而崎岖蜿蜒至此的道路"。前面是看得见的世界，后面是回得去的家乡。

究竟什么是路？路就是道，道就是规则、法则，道路的故事充满了人生的经验。没有路的时候，心里会彷徨，路多的时候，心里又会迷失。走好选择的路，别只选好走的路。

走进
朗读亭

Reading

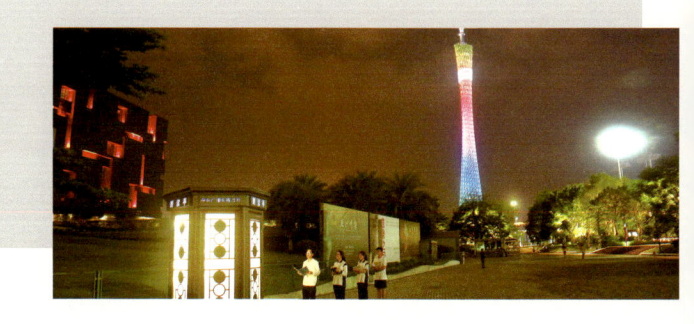

Pavilion

　　三十三年前的今天是我的生日。妈妈花了很多精力把我一个人带大，我要朗读朱自清的《匆匆》，希望她永远健康。燕子去了，有再来的时候；杨柳枯了，有再青的时候；桃花谢了，有再开的时候。但是，聪明的，你告诉我，我们的日子为什么一去不复返呢？

朗读者　陈维佳（公务员）

　　我想把阿莱桑德雷的《青春》献给我的同年代的人，要永远保持一颗年轻的心。你轻柔地来而复去，从一条路，到另一条路。

朗读者　张燕（职员、日籍华人）

　　今天我要朗读一篇路遥的《人生》，送给我的恩师张大诺先生。因为老师的鼓励，我举着放大镜，完成了十八万字的自传体小说。中国有十万名白化症患者，我们其实能走出不一样的人生。

朗读者　刘吟（白化症患者）

我们是朗读者十三（陈金婷）和阿全（冯斌全），来自杭州。我们是在川藏线的路上认识的，九年去了六十几个国家和地区，不是打卡式的旅行，而是像当地人一样地生活。从相遇开始，旅行就已经成了我们生活的另一半。我们从旅伴到伴侣，从两个人走到了一家人。旅游不仅仅是消费，也可以让我们成长。有生之年你能感受这个世界，才能尝试到不一样的人生。今天我们要朗读的是三毛的《逍遥七岛游》。

出发总是美丽的，尤其是在一个阳光普照的清晨上路。车子出了城，很快地在山区上爬上爬下，只见每经过一个个的小村落，都有它自己的风格和气氛。

朗读者　陈金婷、冯斌全（旅行达人）

Readers

CHEN

SHU

陈数 朗读者

在演艺界这样一个热闹喧嚣的领域，陈数是个与众不同的存在。入行十八年，人们对她所塑造的经典角色如数家珍，然而她本人似乎是隐形的。她生活低调，作息规律，什么都不紧不慢。在人们的印象里，她就是一个纯粹的、有实力的女演员。

陈数出身艺术世家，才艺丰富。她曾在东方歌舞团任舞蹈演员，后又考入中央戏剧学院学习表演。2001年，她凭电视剧《旅人的故事》出道。十几年来，她逐步成为涉足剧目类型最广、诠释角色最为丰富的中国女演员之一，从《新上海滩》里美丽多情的方艳芸到《倾城之恋》中柔弱又倔强的白流苏，从《铁梨花》中锋芒毕露的"女中丈夫"到《正者无敌》中风情万种的二姨太沈虹，陈数饰演的每一个角色都让人回味无穷。她将不同女性骨子里的坚毅与刚强、独立与自尊演绎得入木三分，描摹出不同时代背景下的中国女性群像。她说："我不太希望为了一个毫无感觉的角色去表演，我还是希望她能跟我的内心有某种层面的感知。"

现在，年过四十的陈数进入了新的人生阶段。年龄没有限制她的发展，反而让她变得更为坚定、果敢。她对行业的认知愈发清晰，对自我的认识也更加明白。陈数已经想好了在这个年纪要做的事，就是从更多的角度去呈现成熟所带来的魅力，这是更年轻时的她做不到的。

朗读者 ❀ 访谈

董　卿：二十岁的时候你还是东方歌舞团的一名舞蹈演员，后来你寻找到了一个什么样的机会，让自己从舞蹈演员变成了影视剧演员呢？

陈　数：1997年我遇到了成方圆和王刚两位老师做的音乐剧《音乐之声》，在这部音乐剧中，大女儿是唯一需要演、唱和舞蹈的角色，所以他们从舞蹈演员当中去选择演员。我很感激这部戏的导演钮心慈老师，她是我们中央戏剧学院导演系的教授。有一天在排练的时候，她看着我说："你想过以后要干什么吗？"她还说："如果你喜欢表演，可以考中戏。"我说，可以吗？之后的十分钟之内我就知道，我一定会离开东方歌舞团，去考中央戏剧学院。

董　卿：你有这么强烈的预感吗？

陈　数：或者我愿意把它形容为我内心特别深层的声音，哪怕之后有一个更理智的声音在跟它对话说："你不要离开东方歌舞团，你在团里待了那么多年，之后团里就要分很好的房子……"可我心里那个深层的声音依然说："不，这个时候去上学是最好的时间，不可以再晚了。房子我可以自己努力，自己买。"

董　卿：你为了这个决定，做了一些什么样的准备？

陈　数：文化课的部分是我特别紧张的，因为我知道搞舞蹈的孩子从小就被别人说四肢发达、头脑简单，所以我差不多提前九个月就找了一所学校，很努力地记了好几本大笔记本，好好地学习。

董　卿：最后考得怎么样？
陈　数：我的分数比表演系录取分数高出一百七十分。
董　卿：进入中央戏剧学院学习，那个环境和你想象的一样吗？
陈　数：我几乎没有一个作业是做对的，永远是错。因为我满脑子都是舞蹈演员的思维方式，而不是戏剧学院学生表演的方式。
董　卿：你从什么时候开始开窍了？
陈　数：有一天，老师说，用一个物品贯穿人生的四个阶段。我就不知道哪根神经突然被拧开了，迅速想到了口红。我假设这个房间里有一张桌子，我是小朋友，我进入了妈妈的化妆间，把妈妈的口红迅速地以画圆圈的方式抹在了嘴上，心满意足，从此嘴就开始合不上了，永远是嘟着嘴的方式；到了年轻的阶段，我想象自己是一个恋爱中的女孩子，因此很精心很仔细地描自己的唇；到了中年的时候，她已经没有时间能够静下心来，看着镜中的自己；到老年的时候，我想象自己是个奶奶，我来收拾我孙女的房间，房间里乱七八糟，我就把口红一个一个套好。

董　卿：的确开窍了。（笑）

陈　数：这个作业被我们老师表扬了三天，我觉得受到了鼓励。（笑）

董　卿：三十岁那年你获得了一个很重要的机会，就是参演电视剧《新上海滩》。那个角色是你自己争取来的吗？

陈　数：在经历了几年新人的实践过程之后，我发现，我不能这么盲目地等了。有导演朋友跟我说，你很适合年代戏。不知道为什么，这句话在我心里又响起了强烈的声音。因此那一年，收入其实非常有限的我拿出了一半以上的资金……

董　卿：一半是指一个月收入的一半吗？

陈　数：全年的，然后尝试拍了一组可能大家现在都比较熟知的旗袍造型。

董　卿：后来你把这组照片给哪位导演了？

陈　数：给了很多人看，但是我没有想到我能够遇到《新上海滩》。

董　卿：从方艳芸到陈白露，到白流苏，你穿旗袍的充满风情的形象真的被大家认可，也被大家喜爱。可是你看似并不满足，你在不断地寻找一种突破。

陈　数：我是个不安分的人。（笑）我是一个不喜欢在舒适区域里长时间待着的人，如果这一生只能演一个角色，我希望是《暗算》里的黄依依。它为我事业的发展奠定了一个极好的基石。但是不可否认，我进入四十岁了，开始有一些更年轻的角色是我不适合扮演的了。通常大家会认为，四十岁以后的女演员是不是该演妈？我觉得自己蛮幸运的，其实我没有想到能够遇到《和平饭店》这样优秀的作品。我希望《和平饭店》是一个祝福,祝福我不用陷入一些比较单调的角色里,让我有机缘在未来的十年里还有一些遇到好作品的机会。(掌声)

董　卿：你今天想要为大家朗读什么呢?

陈　数：刘瑜的一篇非常棒的文章——《一个人要像一支队伍》。

董　卿：你想把它献给谁呢?

陈　数：我想把它献给我们家的儿子大象。我在我们家儿子大象的身上充分体会到了什么叫作无条件的爱。而且正因为如此,这种美好的、回馈到我身上的爱的感受也会非常强烈,比方说,我和我们家先生准备去巴厘岛举办婚礼的时候,临出发前我抱着他说:"大象,我跟你爸爸要去结婚了,以后的日子我们要在一起生活了。"(哽咽)这些话我是在对他说,其实也是在对我自己说。这番话对于我来说也像是一个誓言和承诺。

董　卿：你还会要自己的孩子吗?

陈　数：好好爱他就好了。(掌声)

董　卿：这样的一种态度可能也是我们在二十岁的时候所不具备的,所以上天很公平,它在给我们皱纹甚至给我们白发之后,也会给我们智慧。

朗读者 ❖ 读本

一个人要像一支队伍

刘　瑜

前两天有个网友给我写信，问我如何克服寂寞。

她跟我刚来美国的时候一样，英文不够好，朋友少，一个人等着天亮，一个人等着天黑。"每天学校、家、图书馆、gym（健身房），几点一线。"

我说我没什么好办法，因为我从来就没有克服过这个问题。这些年来我学会的，就是适应它。适应孤独，就像适应一种残疾。

快乐这件事，有很多"不以主观意志为转移"的因素。基因、经历、你恰好碰上的人。但是充实，是可以自力更生的。罗素说他生活的三大动力是对知识的追求、对爱的渴望、对苦难的怜悯。你看，这三项里面，除了第二项，其他两项都是可以自给自足的，都具有耕耘收获的对称性。

我的快乐很少，当然我也不痛苦。主要是生活稀薄，事件密度非常低。就说昨天一天我都干了什么吧：

10 点，起床，收拾收拾，把看了一大半的关于明史的书看完。

下午 1 点，出门，找个 coffee shop（咖啡店），从里面随便买点东西当午饭，然后坐那改一篇论文。其间凝视窗外的纷飞大雪，花半小时创作梨花体诗歌一首。

晚上 7 点，回家，动手做了点饭吃，看了一个来小时的电视，回 E-mail 若干。

10点，看了一张DVD，韩国电影《春夏秋冬又一春》。

12点，读关于冷战的书两章。

凌晨2点，跟某同学通电话，上网溜达，准备睡觉。

这基本是我典型的一天：一个人。书、电脑、DVD。

一个星期平均会去学校听两次讲座。工作日平均跟朋友吃午饭一次，周末吃晚饭一次。

多么稀薄的生活啊，谁跟我接近了都有高原反应。

孤独的滋味当然不好受，更糟的是孤独具有一种累加效应。同样重的东西，你第一分钟举着它和第五个小时举着它，感受当然不同。孤独也是这样，偶尔偷得半日闲自己去看一场电影，和一年、两年、三年、五年只能自己和自己喝啤酒，后果当然完全不同。我以前跟一位曾经因为某政治事件而坐过牢的朋友聊天，他描述那几年被单独关押的生活，这样形容：度日如年，度年如日。说得可真确切。

我曾在日记里大言不惭地写道：出于责任感，我承担了全世界的孤独。我的意思是，我不但孤独，而且我的孤独品种繁多、形态各异：在女人堆里太男人，在男人堆里太女人；在学者里面太老粗，在老粗里面太学者；在文青里面太愤青，在愤青里面太文青；在中国人里面太西化，在外国人里面太中国……我觉得上帝把我派到人间，很可能是为了做一个认同紊乱的心理实验。

我其实并不孤僻，简直可以说开朗活泼。但大多时候我很懒，懒得经营一个关系。还有一些时候，就是爱自由，觉得任何一种关系都会束缚自己。当然最主要的，还是知音难觅。我老觉得自己跟大多数人交往，总是只能拿出自己的一个维度，很难找到和自己一样兴趣一望无际的人。这句话的谦虚版说法是：很难找到一个像我一样神经错乱的人。

有时候也着急。我有幸生活在"十一届三中全会"之后，没有吃过多少苦，但是在我所经历过的痛苦中，没有什么比孤独更具有破坏力。这不仅仅是因为错过了亲友之间的饭局谈笑温情，不仅仅因为一个文学女青年对故事、冲突、枝繁叶茂的生活有天然的向往，还因为一个人的思想总是需要通过碰撞来保持。长期的孤单中，就像一个圆点脱离了坐标系，有时候你不知道自己思考的问题是否真的成其为问题，你时常看不到自己的想法中那个旁人一眼就可以看出的巨大漏洞，你不知道什么是大，因为不能看到别人的小，你不知道什么是白，因为不能看到别人的黑。总之你会担心，老这样一个人待着，会不会越来越傻？

好像的确是越来越傻。

但另一些时候，又惊诧于人的生命力。在这样缺乏沟通、交流、刺激、辩论、玩笑、聊天、绯闻、传闻、小道消息、八卦、MSN……的生活里，没有任何圈子，多年来仅仅凭着自己跟自己对话，我也坚持了思考，保持了表达欲，还能写小说政论论文博客，可见要把一个人意志的皮筋给撑断，也没有那么容易。

"忍受的极限会是什么样的结果？"

让我告诉你，忍受是没有极限的。

年少的时候，我觉得孤单是很酷的一件事。长大以后，我觉得孤单是很凄凉的一件事。现在，我觉得孤单不是一件事。至少，努力不让它成为一件事。

有时候，人所需要的是真正的绝望。

真正的绝望跟痛苦、悲伤没有什么关系。它让人心平气和，让你意识到你不能依靠别人，任何人，得到快乐。它让你谦卑，因为所有别人能带给你的，都成了惊喜。它让你只能返回自己的内心。每个人的内心都有不同的自我，他们彼此可以对话。你还可以学习观察微小事物的变化，天气、季节、超市里的蔬菜价格、街上漂亮的小孩，你知道，万事万物都有它值得探究的秘密，只要你真正——我是说真正——打量它。

当然还有书、报纸、电影电视、网络、DVD、CD，那里面有他人的生活、关于这个世界的道理、音乐的美、知识的魔术、爱的可能性、令人愤怒的政治家……我们九九八十一生都不可能穷尽这些道理、美、爱、魔术的一个小指甲盖，怎么还能抱怨生活给予我们的太少。

绝望不是气馁，它只是"命运的归命运，自己的归自己"这样一种实事求是的态度。

就是说，它是自由。

以前一个朋友写过一首诗，叫《一个人要像一支队伍》。我想象"文革"中的顾准、狱中的杨小凯、在文学圈之外写作的王小波，就是这样的人。怀才不遇，逆水行舟，一个人就像一支队伍，对着自己的头脑和心灵招兵买马，不气馁，有召唤，爱自由。

我想自己终究是幸运的，不仅仅因为那些外在的所得，而且因为我还挺结实的。总是被打得七零八落，但总还能在上帝他老人家数到"九"之前重新站起来，再看到眼前那个大海时，还是一样兴奋，欢天喜地地跳进去。在辽阔的世界面前，一个人有多谦卑，他就会有多快乐。当罗素说知识、爱、同情心是他生活的动力时，我觉得简直可以和这个风流成性的老不死称兄道弟。

因为这种幸运，我原谅自己经受的挫折、孤单，原谅自己的敏感、焦虑和神经质，原谅上帝他老人家让 X 不喜欢我，让我不喜欢 Y，让那么多人长得比我美，或者比我智慧，原谅他让我变老变胖，因为他把世界上最美好的品质给了我：不气馁，有召唤，爱自由。

如果你还在为自己孤单寂寞怀才不遇举世皆浊我独醒而深深叹息的话，那么让我告诉你，你买不到那个彩票的，别再把你时间的积蓄两块、两块地花出去，回到你的内心，寻找你自己，与心灵深处的他、他们一起出发去旅行。如果你有足够的好奇心，你可以足不出户而周游世界，身无分文而腰缠万贯。人生若有知己相伴固然妙不可言，但那可遇而不可求，真的，也许既不可遇又不可求，可求的只有你自己，你要俯下身去，朝着幽暗深处的自己伸出手去。

学历过度豪华的刘瑜，以简单的真诚，几乎是下意识地超越了学术著作和通俗读物的界限、精英和群众的界限，做到了真正的深入浅出。她无意启蒙，她的书却无疑是近年最好的启蒙读物。

——作家、记者　刘天昭

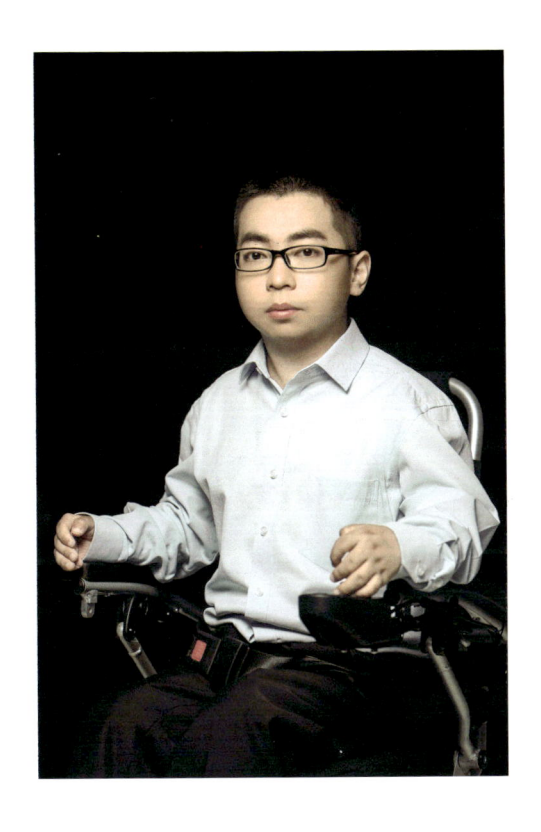

YI
XIAO
YUAN

矣晓沅

朗读者

在这个世界上，有一些人的路并不是靠双脚走出来的。就像史铁生，在漫长的轮椅生涯中创造出一座文学高峰；就像霍金，不能行走，不能出声，但他伟大的思想没有受到任何束缚。来自清华大学的矣晓沅，也是这样一位"轮椅上的跑者"。

矣晓沅 1991 年生于云南玉溪，彝族人。六岁时，一场突如其来的疾病改变了他的生活。他患上了类风湿性关节炎——一种病因未明、会侵蚀破坏人体关节且目前无法治愈的疾病。在活泼好动的年纪，他逐渐不能再完成下蹲、奔跑、跳跃这些简单的动作，更由于常年的激素治疗，并发了双侧股骨头坏死，十一岁就被永远地困在了轮椅上。

多年病痛的折磨，让矣晓沅的大小关节都严重变形，他不仅无法站立，连手指活动都十分困难。不过，矣晓沅没有向残酷的命运低头，他说："与其稀里糊涂地活，不如目标明确、生机勃勃地活着，更令人满意。"他拼尽全力，2012 年高考时以 679 的高分被清华大学计算机系录取。大四时，他拿到了特等奖学金，这是清华学生的最高荣誉。现在，矣晓沅已被保送到清华大学计算机系人工智能研究所，主攻人工智能。他在演讲中说得没错："如果拥有一颗奔跑的心，轮椅的确困不住我们的身体。"

朗读者 ❋ 访谈

董　卿：矣晓沅，这个姓很特别。
矣晓沅：我是彝族，来自云南。这个姓是彝族一个专有的姓。
董　卿：先向大家介绍一下，晓沅现在是清华大学研究生二年级的学生，他的专业方向是人工智能，是一枚非常标准的学霸。但是可能也会有一些观众觉得，很难把你瘦弱的身体和很强悍的学霸之间画上等号。你介意和大家谈一谈你的身体吗？
矣晓沅：非常不介意，因为这本身并不是什么不太光彩的事情。我六岁的时候得了一个叫作类风湿性关节炎的病，它在医学界被称为"不死的癌症"。它会侵蚀身体的每一个关节、每一寸骨头。一开始我只是跑不快、跳不高、走不远，到十一岁那年，我终于没有办法再站起来了，就坐上了轮椅。
董　卿：坐上轮椅之后，你会不会觉得这个世界突然变小了？
矣晓沅：我的世界变成了三点一线。对我来说，一本书或者一道题就成了世界的全部。
董　卿：你的手指大概是从什么时候开始变形的？
矣晓沅：六岁。一开始，我的手握不了拳，后来慢慢地伸不开掌，天冷的时候甚至握笔、握筷子时间长了，都会痛。
董　卿：那你怎么完成作业呢？
矣晓沅：这就是读理科的优势，不用写太多字。（笑）我的语文就比较吃亏，经常因为字写得不好，受到额外的减分，我觉得很艰难，心里有时候会有愤怒，想要把一些东西夺回来。我觉得我唯一的武器就是学习，这也是我唯一可以倾尽全力去做

好的事。

董　卿：对于你来讲有一个很现实的问题就是，虽然成绩很好，可是在高考结束之后，你还是得去询问很多学校愿不愿意接收像你这样身体条件的学生。

矣晓沅：对，其实当时我们已经做了最坏的打算，就在我和我的父母焦头烂额的时候，清华大学的招生老师直接打电话到我父亲的手机上，问了我的分数，问了一些我个人的情况后，他给了我一个承诺——清华绝不会放弃任何一位优秀的学生。

董　卿：那年清华计算机系在云南一共就招收了两名同学，晓沅是其中之一。梅贻琦校长说过一句话："学校犹水也，师生犹鱼也，其行动犹游泳也，大鱼前导，小鱼尾随，是从游也。"进入清华之后，你就是一名大学生了，你觉得那个时候要面对的挑战是什么？

矣晓沅：就是未来四年的路要怎样走。清华校园非常大，有时候一门课到另外一门课要从一个教学楼换到另外一个教学楼，两座楼之间有一公里多到两公里的距离。我必须驾驶着我的轮椅，在人群中、自行车群中穿梭来往。雨特别大的时候我的身体都会被淋湿，淋湿之后身体又会特别痛，还会高烧不止。所以我经常左手吊着点滴，右手写着作业，处于这样一种状态。

　　因为我没办法去上厕所，所以我不喝水。平时在学校，我给自己限了一个量，不管夏天有多热，或者冬天有多干燥，我只喝一小杯，三百毫升左右，喝完就不再喝了。

董　卿：在这样一所大学里有来自全国各地最优秀的学生，所以晓沅刚去清华的时候可能排在全年级中等的水平。

矣晓沅：（笑）尾巴水平，基本偏后的。我们2012级有一百三十几个人，当时我的名次是在九十几名。我自己是一个特别不服输的人，很多时候考试没考好，失败了，但我不觉得自己低人一等，我相信凭借我的努力，一定可以追回来。

董　卿：你当时追得最辛苦的是哪门课呀？

矣晓沅：编程。每年有非常多的国家级和世界级的金牌选手被保送进清华计算机系，但是对我们，尤其是来自比较偏远的云南地区的、没有接受过计算机专业教育的人来说，学编程真的非常吃力。我就自己一个人在宿舍里，一道题又一道题地练。可能一道题一写就是五个小时，当我写完这道题的时候，我才发现这五个小时里我可以说是坐在椅子上一动不动。我把这四年所有学的几十门课都加起来，有两百个学分，我从来没有翘过任何一节课。（掌声）

董　卿：我们来看看，到了大一之后晓沅跳到六十九名，到了大二跳

到三十一名，到了大三是第九名，到四年级的时候，晓沆拿到了只给十个学生的全校特等奖学金。（掌声）

矣晓沆：颁奖典礼上是邱勇校长为我颁的奖，他还为了感谢我母亲这四年在清华里对我的陪伴，送了一束花给母亲。另外，邱校长送了我一本王国维的《人间词话》。

董　卿：我们都知道王国维的《人间词话》中说，古往今来，所有成大事业、做大学问的人都有三个境界，你觉得你现在是处在第一境界还是第二境界？

矣晓沆：我现在应该处于"为伊消得人憔悴"的境界，潜心科研。

董　卿：就是这样的一种精神，让晓沆这名曾经编程不及格的学生最终进入了一个计算机的新的创新项目——人工智能"九歌"的研制团队。

矣晓沆：我们"九歌"团队今天还准备了一份小礼物给董卿老师。

董　卿：是吗？

矣晓沆：对。"九歌"是一个自动作诗机器人。

董　卿：我看一下，是藏头诗。（读卷轴）"朗诵新诗兴不穷，读书元自有真工。者般本是平生事，妙理何须造化功。"藏的是"朗读者妙"！（掌声）

矣晓沆：对。

董　卿：我知道你很喜欢读书，那么你会选择一篇什么样的文章来和大家分享？

矣晓沆：我想朗读的是村上春树的一本小书《当我谈跑步时，我谈些什么》，献给我的母亲和我的家人。

董　卿：你还记得你最后一次奔跑是在什么时候吗？

矣晓沆：大概是我小学四年级的时候。我和我的一个小伙伴慢慢地从教学楼踱步下来，夕阳西下，小伙伴说："我们来比比赛跑，看谁先跑到学校大门口。"我现在依然记得那时候的情景：夕阳洒在我的身上，风在我的耳边呼啸，胸前的红领巾在飘荡，我能够感觉到速度，我能够感觉到心跳。我的每一步踏在大地上，仿佛是大地心跳的旋律。那幅情景这么多年一直印在我的脑海中，挥之不去。

　　我一直从父母的身上索取他们的爱，而无以回报。我希望有一天自己最大的梦想能够实现，那就是能站起来，自己独立生活，让我母亲获得属于她的自由。我希望用知识来改变自己的命运，用我的知识去改变世界以及他人。

董　卿：清华大学在给另外一位同样是残疾的同学魏祥写的信中有这样一句话："来路或许不易，命运或许不公，人生或许悲苦，但是请你足够相信，可以在清华园里找到热爱，追求卓越。"

当我谈跑步时，我谈些什么（节选）

[日] 村上春树

跑步对我来说，不单是有益的体育锻炼，还是有效的隐喻。我每日一面跑步，或者说一面积累参赛经验，一面将目标的横杆一点点提高，通过超越这高度来提高自己。至少是立志提高自己，并为之日日付出努力。我固然不是了不起的跑步者，而是处于极为平凡的（毋宁说是凡庸的）水准。然而这个问题根本不重要。我超越了昨天的自己，哪怕只是那么一丁点儿，才更为重要。在长跑中，如果说有什么必须战胜的对手，那就是过去的自己。

……

我说起每天都坚持跑步，总有人表示钦佩："你真是意志坚强啊！"得到表扬，我当然欢喜，这总比受到贬低要惬意得多。然而并非只凭意志坚强就可以无所不能，人世不是那么单纯的。老实说，我甚至觉得每天坚持跑步同意志强弱并没有太大关联。我能够坚持跑二十年，恐怕还是因为跑步合乎我的性情，至少"不觉得那么痛苦"。人生来如此，喜欢的事自然可以坚持下去，不喜欢的事怎么也坚持不了。意志之类恐怕也与"坚持"有一丁点瓜葛，然而无论何等意志坚强的人、何等争强好胜的人，不喜欢的事情终究做不到持之以恒；就算做到了，也对身体不利。

所以，我从来没有向周遭的人推荐过跑步。"跑步是一件美好的事情，大家一起来跑步吧"之类的话，我极力不说出口。对长跑感兴趣的人，你就是不闻不问，他也会主动开始跑步；如若不感兴趣，纵使你劝得口干舌燥，也是毫无用处。马拉松并非万人咸宜的运动，就好比小说家并非万人咸宜的职业。我也不是经人劝说、受人招聘才成为小说家的（遭人阻止的情况倒是有），而是心里有了这个念头，自愿当了小说家。同理，人们不会因为别人劝告成为跑步者，而是自然而然开始跑步的。

话虽如此，也许真有人读了这篇文章，陡然来了兴趣："好啊，我也跑一跑试试。"当真练起跑步来。"呵呵，这不挺好玩吗？"这当然是不错的结果。果真发生了这等事，作为本书的作者，我也非常高兴。但每个人都有对路和不对路之事。既有人适合马拉松，也有人适合高尔夫，还有人适合赌博。看见学校上体育课时让全体学生都练长跑的光景，我便深感同情："好可怜啊。"那些丝毫不想跑步的人，或者体质不适合跑步的人，不分青红皂白让他们统统去长跑，这是何等无意义的拷问。我很想发出忠告：趁着还没有出现问题，赶快取消让初中生和高中生一律长跑的做法。当然，我这样的人出面说这种话，肯定无人理会。学校就是这样一种地方：我们在学校里学到的最重要的东西，就是"最重要的东西在学校里学不到"这个真理。

再怎么说长跑和自己的性情相符，也有这样的日子。"今天觉得身体好沉啊，不想跑步啦。"应该说经常有类似的日子。这时候便会找出形形色色冠冕堂皇的理由来，想休息，不想跑了。在奥运会长跑选手濑古利彦退役就任 S&B 队教练后不久，我曾采访过他。当时我问道："濑古君这样高水平的长跑选手，会不会也有今天不想跑啦、觉得烦啦、想待在家里睡觉这类情形呢？"濑古君可谓怒目圆睁，然后用类似"这人怎么问出这种傻问题来"的语气回答："那还用问，这种事情经常发生。"

如今反思一下，我觉得这的确是愚问。当时我也明白，然而还是想听到他亲口回答。即便膂力、运动量和动机皆有天壤之别，我还是很想知道清晨早早起床、系跑鞋鞋带时，他是否和我有相同的想法。濑古君的回答让我从心底感到松了口气。啊哈，大家果然都是一样的。

　　请允许我说一点私事。觉得"今天不想跑步"的时候，我经常问自己这样一个问题：你大体作为一个小说家在生活，可以在喜欢的时间一个人待在家里工作，既不必早起晚归挤在满员电车里受罪，也不必出席无聊的会议，这不是很幸运的事儿吗？与之相比，不就是在附近跑上一个小时，有什么大不了的？于是脑海里浮现出满员电车和会议的光景，再度鼓舞起士气，我就能重新系好跑鞋的鞋带，较为顺利地跑出去。"是啊，连这么一丁点事也不肯做，可要遭天谴呀。"话虽然这么说，我其实心中有数：很多人认为与其每天跑一个小时，还不如乘着拥挤不堪的电车去开会。

　　……

　　世上时时有人嘲笑每日坚持跑步的人："难道就那么盼望长命百岁？"我却觉得因为希冀长命百岁而跑步的人大概不太多。怀着"不能长命百岁不打紧，至少想在有生之年过得完美"这种心情跑步的人，只怕多得多。同样是十年，与其稀里糊涂地活，目的明确、生气勃勃地活当然令人更满意。跑步无疑大有裨益。在个人的局限性中，可以让自己更为有效地燃烧，哪怕只是一丁点，这便是跑步一事的本质，也是活着（在我来说还有写作）一事的隐喻。这样的意见，恐怕会有很多跑者赞同。

　　……

　　我今年冬天可能还要去世界的某处，参加一次全程马拉松赛跑。明年夏天恐怕还会到哪儿去挑战铁人三项赛。就这样，季节周而复始，岁月流逝不回，我又增长一岁，恐怕小说又写出了一部。勇敢地面对眼前的难题，全力以赴逐一解决。将意识集中于迈出去的每一步，同时还要以尽可能长的眼光去看待问题，尽可能远地去眺望风景。我毕竟是一个长跑者。

成绩也好，名次也好，外观也好，别人如何评论也好，都不过是次要的问题。对于我这样的跑者，最重要的是用双脚实实在在地跑过一个个终点，让自己无怨无悔：应当尽的力我都尽了，应当忍耐的我都忍耐了。从那些失败和喜悦之中，具体地（如何琐细都没关系）不断汲取教训。并且投入时间，投入年月，一次次累积这样的比赛，最终到达一个自己完全接受的境界，抑或无限相近的所在。嗯，这个表达恐怕更为贴切。

假如有我的墓志铭，而且上面的文字可以自己选择，我愿意它是这么写的：

　　村上春树
　　作家（兼跑者）
　　1949—20××
　　他至少是跑到了最后

此时此刻，这便是我的愿望。

（施小炜　译）
选自南海出版社《当我谈跑步时，我谈些什么》

村上春树是当代日本最具国际影响力的作家，人们读他，谈论他，而他本人却一直安静地用文字表达内心。他在这部随笔集中书写永远在路上奔跑的自己，娓娓道来恬淡真实的人生。跑步是他的生活方式，是他日常生活的支柱，因为他坚信，"积极地选择磨难，就是将人生的主动权握在自己手中"。

——编者

LIU
HE
PING

朗读者 刘和平

所有人都知道通往成功的道路布满荆棘，但依然有很多勇敢的人义无反顾。刘和平就是这样一位创作者，他主动选择了一条艰苦的写作之路。用他自己的话说，这是一条"求难得难的孤独的路"。

在中国的编剧里，刘和平的成长经历可谓独树一帜。他并非科班出身，但成长于戏剧家庭，从小在剧场里长大。他的母亲是湘剧演员，父亲则在剧团做编剧，擅长写戏，对湖南地方戏的把握尤为老到。后来，刘和平考入剧团，做了三年专业长笛演奏员。这些剧团经历对他影响很深，他的很多创作经验都直接来源于中国古典戏曲。

刘和平首次担任影视剧编剧，就写出了一部历史大戏《雍正王朝》。他的创作手法之大胆，在此前的历史剧创作中绝无仅有。这部戏让他获得"飞天奖"优秀编剧奖以及"金鹰奖"最佳编剧奖的同时，也给他带来了巨大的争议。业内称他的写法为"无中生有"，也有人挑剔情节不合史实。但刘和平认为，没有人能够创造历史，他能做的只是解码历史。

他以低产闻名，每一部戏都是苦心孤诣。从《雍正王朝》到《大明王朝1566》历时八年，从《大明王朝1566》到《北平无战事》历时七年，他总是用"附体式"的创作方式，反复修改，确保品质。正因为这样，刘和平的每一部戏，几乎都能成为行业标杆，而他本人，也几乎获得了国内所有电视剧奖项的最佳编剧奖。

朗读者 ❀ 访谈

董　卿：我发现从二十世纪八十年代开始到现在，三十多年了，您的创作几乎全部都是围绕着历史题材展开的。您对历史的兴趣是从什么时候开始的？

刘和平：从小吧。我妈是戏曲演员，听说怀了我以后，她演《辕门斩子》的杨六郎时还从四张高桌上翻下来。

董　卿：哇！

刘和平：爸爸是中华人民共和国第一代编剧，也是写剧本的。

董　卿：所以您也慢慢地变成了一个会讲故事的人。

刘和平：这段路就长了。首先是下放农村。在我下放的地方，那些树都是一些小树苗，是禁采的，但是我们要把饭煮熟得有柴火，所以必须要走到四五十华里以外的深山里去砍一担柴回来。

董　卿：您要带多少柴回来？

刘和平：一百多斤。半夜必须起来，煮两个红薯，带上一杆禾枪、一把柴刀就出门了；在深山里走到上午十点多，快到十一点了，砍一担一百多斤的柴，再把它挑回来；还没到家天就黑了。我觉得这一段路对我挺有帮助，使我后来遇到困难时能够毫不在意地走过去。所以到后来我写剧本，有时为了追求完美把它写好，心里也就是一个念头：这就相当于我到深山里砍一担柴，总得把它砍了，也总得把它挑回来。（掌声）

董　卿：人生往往是这样的，最难最难的路大都是一个人走的，在黑暗中走。

刘和平：后来中央电视台想把二月河的《雍正皇帝》改成电视剧，他

们找了好几个人,都没办法把小说改成剧本,就突然想起了我。其中有个最大的困难是,根据戏剧结构,雍正的对立面和他从第一集到最后一集都必须处于矛盾冲突之中,所以当时我就大胆地让八爷、九爷、十爷、十四爷多活了十年。所以现在你们看到的电视剧《雍正王朝》最后一集是雍正前一天听说八爷死了,他第二天死的。这种改编是很难的。

庄子说:"忘足,屦之适也;忘要,带之适也;知忘是非,心之适也。"忘记了脚,是因为鞋舒服;忘记了腰,是因为腰带舒服;忘记了是非,是因为心里舒服。我给加了一句,忘记了历史,是因为戏舒服。(掌声)

董 卿:您很坚持自己的创作理念,跟您合作过的一些导演或演员会认为刘老师不是一个很好合作的人,因为您的剧本是一个字都不能改的。

刘和平：还从来没有一个演员说我不好合作，一个都没有。我从来没强迫他们，你可以改，改了以后，只要你能演下去就行，其实他们改完之后就演不下去了。（掌声）因为我不会打字，所以我都是配一个助理，我口述，打字员打。写的时候，机位，包括所有人物的调度，都一定首先呈现在我面前。我在写一个人的戏的时候，一定要附到他身上去，我就是他。

董　卿：您这是属于"附体式"的写作。

刘和平：很耗神。所以一句话说不说得出口，一个行为能不能做得出来，一个反应准不准确，我都演过一遍了。

董　卿：《北平无战事》的时候，您不仅是编剧，还自己做总制片人。

刘和平：在《大明王朝1566》的时候我就是总制片人。如果不当总制片人，当你把剧本交出去的那一刻，就等于你把女儿交给别人了。他可能给你嫁一个大户人家，也可能把你送到青楼妓院，是不是？这舍不得。所以我必须要有一票否决权，能保证作品的质量。

董　卿：但是这样会面临很多新的困难和挑战，比如《北平无战事》的时候，听说您就经历了七次投资，又七次被撤资的这样一个过程。

刘和平：我刚才不是跟你说上山砍柴的经历吗？遇到困难我就上山。南岳衡山的海拔八百米处是我现在住的地方，历史上那儿有个特别了不起的人，叫李泌。这个人当过三朝宰相，一旦有政治斗争出现，他就把官一辞，上山到南岳。庐山也一样，庐山也有我自己心目中的榜样在，第一个是陶渊明，第二个就是周敦颐。但凡遇到困难、过不去的坎的时候，就去走近他们，在他们曾经走过的路边走一走，在他们曾经沉吟的地

方站一站，哪有他们那么难，也没有他们那么苦。把心性养好了，东山再起。（掌声）

董　卿：陶渊明说："纵浪大化中，不喜亦不惧。"有些时候需要有这样的定力。

刘和平：定力的基础就是减法，要戒。你必须要明白自己不要哪些东西，比方说名和利。我的第一个剧组解散的时候，我作为编剧一分钱稿费没拿，还赔了一百多万。佛家说的"戒、定、慧"，首先就是舍去很多东西，简单了就好，你就能定下来。我不写《北平无战事》，就不会有人从这个角度，迎着这么大的难度去搞一个这样的东西。发大愿心，得大愿力，最后应该会有一定的好的结果。

董　卿：难怪有人评价说，在中国电视剧创作的圈子里，刘和平走的是一条路，其他人走的是另外一条路。

刘和平：就是没人有我这么傻嘛。由于产业化了，每年需要大量的播出集数，一年一万五千集起。哪有那么多的编剧能沉下心来写那么多东西？我现在可以至少叫几十个编剧以我的名义把戏接回来，一年接十个戏是没问题的，然后分包下去让他们写，那钱就海了去了。我现在正在写一个叫《南北朝》的戏，从第一集开始，每一个字我都自己写。也有人问我，你为什么这样做？我说，今天的观众已经失望不起了，听说刘和平在搞个东西，很多人在等，最后一出来，一看不是我的指纹，观众会失望的。我至少不能让观众失望。一定要说私心，就是要保住晚节，不能在这个年龄把牌子给砸了。

董　卿：其实想想也很简单，不为别的，就是不辜负吧。

刘和平：是。

董　卿：但是如果一条路只有一个人在走，您不会觉得孤独吗？
刘和平：孤独是人类的本质，没有哪个人说我不孤独。不辜负此生价值的事情，我觉得这种孤独是别人想孤独还得不到的呢。
董　卿：是不是也因为这样，所以您没法儿再成个家或者再有个伴儿？
刘和平：那个事不像写剧本。我写一个剧本，只要自己拼命，就能找到剧本这个"爱人"。但现实中那是另外一个个体生命，不是你能写出来的。
董　卿：但是也要看您有没有付出像写剧本那么大的努力。
刘和平：那不值得吧，写剧本才值得。（全场笑，鼓掌）
董　卿：您今天想为大家读点什么呢？
刘和平：我在文人里面最喜欢的是苏轼，今天想朗诵一段《留侯论》献给大家。
董　卿：献给观众吗？
刘和平：这个我真不知道是献给谁。
董　卿：汉高祖称留侯张良是运筹帷幄、决胜千里的人，但是到最后，功成而退、保全性命是一种智慧，也是一种孤独。其实不妨献给所有孤独的人。
刘和平：你这个提议非常好，就把它献给一切感到孤独的朋友。

留侯论（节选）

〔宋〕苏轼

古之所谓豪杰之士者，必有过人之节。人情有所不能忍者。匹夫见辱，拔剑而起，挺身而斗，此不足为勇也。天下有大勇者，卒然临之而不惊，无故加之而不怒，此其所挟持者甚大，而其志甚远也。

夫子房受书于圯上之老人也，其事甚怪。然亦安知其非秦之世有隐君子者，出而试之？观其所以微见其意者，皆圣贤相与警戒之义。而世不察，以为鬼物，亦已过矣。且其意不在书。当韩之亡，秦之方盛也，以刀锯鼎镬待天下之士，其平居无罪夷灭者，不可胜数。虽有贲、育，无所复施。夫持法太急者，其锋不可犯，而其势未可乘。子房不忍忿忿之心，以匹夫之力，而逞于一击之间。当此之时，子房之不死者，其间不能容发，盖亦已危矣。千金之子，不死于盗贼，何者？其身之可爱，而盗贼之不足以死也。子房以盖世之才，不为伊尹、太公之谋，而特出于荆轲、聂政之计，以侥幸于不死，此固圯上老人之所为深惜者也。是故倨傲鲜腆而深折之，彼其能有所忍也，然后可以就大事，故曰："孺子可教也。"

楚庄王伐郑，郑伯肉袒牵羊以逆。庄王曰："其君能下人，必能信用其民矣。"遂舍之。勾践之困于会稽，而归臣妾于吴者，三年而不倦。且夫有报人之志，而不能下人者，是匹夫之刚也。夫老人者，以为子房才有余而忧其度量之不足，故深折其少年刚锐之气，使之忍小忿而就大谋。何则？非有平生之素，卒然相遇于草野之间，而命以仆妾之役，油然而不怪者，此固秦皇帝之所不能惊，而项籍之所不能怒也。

观夫高祖之所以胜，而项籍之所以败者，在能忍与不能忍之间而已矣。项籍唯不能忍，是以百战百胜，而轻用其锋。高祖忍之，养其全锋而待其弊，此子房教之也。当淮阴破齐，而欲自王，高祖发怒，见于词色，由是观之，犹有刚强不忍之气，非子房其谁全之？

太史公疑子房以为魁梧奇伟，而其状貌乃如妇人女子，不称其志气。呜呼！此其所以为子房欤！

古时候所说的豪杰之士，一定有过人的气节。人之常情，通常都有无法忍受之事。普通人被侮辱，往往拔剑而起，挺身搏斗，这不足以称勇敢。天下真正可称大勇的人，突然遇到变故也不惊慌，无端受到触犯也不愤怒，因为他们怀着极大的抱负，志向又非常高远。

张良被桥上老人授予兵书，这件事确实很奇怪，但是怎么知道那老人不是秦朝隐居的高人来考验张良的呢？看老人微微显露自己的用意，都是圣贤相互告诫的道理，世人不加详察，把老人当作鬼怪，这也太荒唐了。而且老人的主要目的并不在于把兵书给张良。在韩国已灭、秦国正强时，秦国用刀锯鼎镬这样的酷刑残忍地对待天下士人，平白无故被杀头灭族的人数都数不清。即使有孟贲、夏育那样的勇士，对当时的情况也无能为力。一个执法过分严苛的政权，它的锋芒不可硬碰，它的局势也无可乘之机。张良抑制不住愤怒，想以他个人的力量，通过铁椎一击就达到目的。在当时那种形势下，张良距离死亡不过毫厘之间，已经非常危险。富贵人家的子弟，不应死在盗贼手里，为什么呢？因为他们的生命宝贵，死在盗贼手里实在不值得。张良有超过世人的才华，他不去做伊尹、姜尚那些深谋远虑的大事，却只学荆轲、聂政的行刺，只是侥幸才没有死，这必定是桥上老人为他深感惋惜之处。所以老人故意用傲慢无理的态度深深地羞辱他，让他能够隐忍耐受，这样才可以成就大业。所以老人说："这年轻人还可以教育。"

楚庄王攻打郑国，郑襄公袒露上身牵羊来迎。楚庄王说："国君能这样谦卑而忍受屈辱，一定能得到老百姓的信任。"于是楚庄王退兵，允许郑国复国。越王勾践被吴国军队困在会稽，他去吴国做奴仆，三年都不懈怠。如果只有向人报复的心志却不能受辱，这是普通人的刚强。桥上老人认为张良才智有余，担心他气量不够，因此深深折辱他年轻人的刚毅锐利之气，让他能忍住小愤怒而成就远大的谋略。为什么这样呢？老人和张良向来不熟悉，突然在野外遇到他，却让他做奴仆干的事，张良自然而然地去做，不以为是冒犯，这正是秦始皇不能让他胆怯、项羽也不能使他激怒的原因所在了。

看汉高祖之所以成功、项羽之所以失败，原因在于一个能忍、一个不能忍罢了。项羽不能忍，因此虽然百战百胜，但是轻易消耗了自己的锐气；汉高祖能忍，保存自己完整的战斗力等到项羽疲累，这是张良教给他的。当韩信攻破齐国想自立为王的时候，汉高祖大怒，愤怒都显露在语言和脸色上，从这可以看出，他还是有刚强不能隐忍的气性，如果不是张良，谁能成全他？

太史公本来以为张良一定是身形魁梧的，谁料到他的身材、长相竟像妇人女子，与他的志向和度量很不符合。啊！这就是张良之所以成为张良的原因吧！

苏轼的文章行云流水,纵横捭阖。《留侯论》是以《史记·留侯世家》所记载的黄石公授书于张良的故事展开的,它所回答的问题是:什么是"勇"。整篇文章告诉我们,忍才是真正的大勇和大智慧。《留侯论》被选入明清时代的很多古文选本,对后代影响极大,明人杨慎评价此文"立论超卓",是史论文章的典范。

——中国人民大学文学院副院长　徐建委

LUO DA YOU

罗大佑 朗读者

有人说，罗大佑像极了一个古典文人，既能作出激昂的战斗檄文，充满"大江东去浪淘尽"的气势，又有不少"花褪残红青杏小"式的雅致小品；也有人说，罗大佑的作品对华人世界的影响不止于音乐。他将流行音乐做成了一种文化，一个时代的符号，使我们在音乐之外，看见一个更开阔而诚实的世界。毫无疑问，罗大佑是一个时代的标志，他创造了华语音乐的一段历史。

罗大佑生在医生世家，从小就被规划了从医的道路。他在医学系读了整整七年书，毕业后在医院放射科工作。那时人们还不知道，这个小伙子有一天会成为乐坛的重量级人物。1982年，罗大佑仿佛横空出世，发表了第一张个人专辑《之乎者也》。这张专辑打破当时流行的民歌曲风，带领台湾流行音乐走向批评与省思的风潮。罗大佑孤傲不羁的形象和摇滚青年式的热血与愤怒也给当时的乐坛带来了颠覆性的冲击。台湾乐评人马世芳说："罗大佑的出现，改变了台湾一代人听中文歌曲的方式。"

罗大佑说，激发他创作灵感的是人、女人、土地、民族、时代、相聚、分手、生存、死亡。除了这些来自现实生活的观察和体悟，文学也为他的创作提供了深厚的养分。他广泛阅读，大量读诗。他的许多作品源于诗，而他所写的歌词也如同可以阅读的诗，即使没有曲调，也仍饱含诗意和深意。他就像漂泊四海的吟游诗人，三十多年的时间，写下四百多首歌曲。用他自己的话说，仿佛是在赶一条回家的路。

朗读者 ❀ 访谈

董　卿：没有一个人的人生路是笔直的，因为有很多路口，才有了不同的路。你的第一个路口应该是在当医生还是做音乐之间卡了很久。

罗大佑：我算一算：1977年我写了第一首歌《闪亮的日子》，1987年我到香港以后，给父母写了一封蛮长的信说，我决定要做音乐，不会再回去当医生了，中间有十年的时间。

董　卿：为什么要用那么长的时间来做这样一个决定？

罗大佑：我公公生了四个男的、四个女的。后来这四个男的教出来的孙子，连同我妈妈那边，加起来有十几个医生。大家会觉得我选医生这条路理所当然。你去玩音乐？可以，可是不能不回来当医生。

董　卿：你现在回过头来看，做医生和做音乐之间有关联吗？

罗大佑：都是面对生命嘛，对不对？医生是用一种无情的态度在挽救一些有情的生命。但是做音乐，你不断地写曲，不断地创作，其实是在描述一个无情的世界。

董　卿：相对于在第一个路口卡了十年，第二个路口是选择离开台湾，那似乎变得非常干脆利落。

罗大佑：因为《之乎者也》和《未来的主人翁》里都提到了一些社会的议题，很多朋友就喊："加油！罗大佑加油！你要做这个！"（全场笑）自己给自己加了很多压力，我觉得要失掉自己了，过得日夜颠倒。早上七八点才睡觉，要到下午五六点才起来。后来，我觉得大家对我的要求已经到了我说"不行，不行，

我得离开了"的程度。

董　卿：他们总是觉得应该在你的音乐里听到观点，听到思想，听到抗争，对吗？你似乎代表着某一种……

罗大佑：一种意义嘛。

董　卿：你那个时候已经想好了去哪儿吗？

罗大佑：1985年3月9日，我父亲跟我一起去了美国。

董　卿：他为什么要陪着你一起呢？

罗大佑：知子莫若父，他知道我很不开心的。正好在1986年，杨凡拍了个电影叫《海上花》，请我到香港去为这部电影作主题曲。我去转了一圈以后，觉得蛮有意思。（屏幕播放罗大佑创作的电影《海上花》的主题曲："是这般柔情的你／给我一个梦想／徜徉在起伏的波浪中隐隐地荡漾……"）

董　卿：香港成为你生命当中一个很重要的落脚点。你在香港生活了将近十年,在千禧年之后你到了北京?

罗大佑:对。2002年,我觉得我想去一个大都市看一看。我从纽约到香港,再到北京,那段时间搬了很多次家,有十几次。我想再找个地方看看自己能不能安身立命。

其实在香港的时候,我就开始想,要不要回到台北定居?但当时我父亲生病了,我必须去纽约看他,就在台北、纽约两地飞来飞去,一直到我父亲1998年在纽约过世,这是另外一段比较漫长的路程。当我姐给我打电话说:"爸走了。"我当时的感觉就是那个字——崩。从你听到第一个声音,一直到遥远的以后,都是这个人在旁边鼓励你。后来照顾父亲的阿姨跟我讲,我父亲过世前两天突然唱起歌来,她就问:"哎呀阿公,你会唱歌啊?"我父亲说:"你不知道啊,罗大佑的歌都是我教他唱的。"我想,我父亲有教过我什么音乐上的东西吗?好像没有。不过我再想,对哦,钢琴是他买给我的,我十八岁那一年考合唱团,电子琴也是我跟他借钱买的。他总是会鼓励我,做音乐不是每个人都可以受到欢迎的,你还是要有心理准备。所以我想,虽然他没有亲口教我怎么唱歌,可是他真的是在后面撑着我的力量。(掌声)

董　卿:你有没有觉得他走了之后,你跟纽约的关系就可以结束了?

罗大佑:后来我回到台湾,还选择了一条路——结婚。

董　卿:(笑)为什么说起来好像满面愁容的样子?

罗大佑:(笑)因为那个婚姻后来没有成功嘛,离婚收场。

董　卿:所以2014年你算是真正地又重新回到台湾了,对吗?

罗大佑:对。2014年的6月27日那天,我跟我再婚后的太太和小朋友一起踏上了飞机。我想要给小朋友一个比较大的空间,我

　　　　　还想让她学国语，她应该学会用我爸爸妈妈教给我的那个语言来沟通。
董　　卿：你决定回到台湾，其实是在为另外一个人考虑。以前你几乎所有的决定都是为了自己。
罗大佑：董卿，事实上我觉得我们生了小朋友以后，应该让他们决定，这样我们才看得清楚生命里最重要的东西是什么。我觉得最重要的应该是一起去完成未来的世界，因为毕竟我的世界已经转了那么多弯，好不容易走出我自己的一条路，现在，应该为他们的生命做一些还蛮严肃的决定，而且这个世界以后是他们的嘛。
董　　卿：我看到了两张《家》专辑的封面。
罗大佑：1984年这张是在日本拍的，2017年的《家III》是在宜兰郊外拍的，中间相隔了三十三年。有时候我牵着小朋友走路，虽然会说："小心哪，前面有十字路口。""你小心，过十字路口一定要跟爸爸妈妈牵着手。"但事实上我觉得，是小朋友在牵着我们走，他们引领着我们往一个更宽广、更和谐的世界在走。
董　　卿：三十三年，是不是有一点儿从起点又回到了起点的感觉？
罗大佑：是，绕了一大圈，经过了很多十字路口，又回来了。我觉得这个弯让我感觉最开心的是，我想把父亲母亲在我小时候给我的爱、呵护，以及成长中的教育再给我女儿。宜兰的田野、宜兰的医师宿舍、宜兰的海风、宜兰的噶玛兰族，这些东西是不会变的。
董　　卿：你是不是不再害怕了？你不再害怕自己变得很平凡？
罗大佑：对。我以前有十几二十年的时间失眠得非常厉害，因为我们

　　　　这行业的人没有办法关机。你不会说上床躺下来以后，你的歌词不转，你的旋律不转，不会的！它在梦里面都是转的，很可怕的。这一年多来，失眠就不见了，我有了人的脚踏在地上、生住根的感觉。我相信这个世界对我来讲还有蛮多可以写的议题的空间。很奇怪，小朋友拼命往上长，你觉得好像这世界有另外一个图像，你可以为她再谱一首曲子，写一点歌词。《明天会更好》！对！没想到现在这首歌还成立，天哪！（掌声）

董　卿：（笑）明天会更好！所以你今天想为大家读些什么呢？
罗大佑：《转山》的选段。
董　卿：你想把它献给谁呀？
罗大佑：我想把它献给经过无数内心挣扎以后已经上了路的年轻人。

朗读者 ❦ 读本

转山（节选）

谢旺霖

　　天居然晴朗，阳光大放。最后的五公里，布达拉宫就远远矗立在群山的夹缝间，赭红的宫殿冠着鎏金的屋顶，屹立在一片白色建筑的底座上。

　　等待时刻迟迟至近午时分，你把单车从招待所的二楼扛下。天色并不明朗，远方有云层层卷状堆叠，空气里流动着某种不安的骚动。你跨上了车，呼吸微惫，心情反复地犹疑。你再一次从头到脚仔细地检查身上的装备，一直担心自己是不是大意遗忘了什么。仿佛有，又好像没有。然而，你决定什么都不管了，你仍要出发，出发完成这计划中最后一段骑行的路程。

　　"最后"，最后是怎样的心情，你知道吗？骑行过程，你还在想着这个问题时，风雪却以你尚不及准备面对的速度，突如其来地降临。那麻雀清脆的啁啾声犹然在耳，但不见羽影，原来竟都纷纷躲在路旁灌木丛中的缝隙。你不禁懊恼着，本以为可以满怀充沛的期待来完成行程的尾声，以为可以……

　　三一八国道两侧的路树叶子几乎掉光，落地围成裙带，深深覆盖住树干底部错杂的根脉。有些零星的枯叶飘落路心，往来疾驶而过的汽车便将它们一挥，扫到两旁，堆起成列的叶骸如一垄垄的孤坟。路上浅浅的积雪，由白渐次转灰，随即又覆盖上一层新雪，掩饰车辙的痕迹。

雪，愈下愈大了。你愈踏愈慢。（朋友们都在谈论着，西藏的冬天如何如何，有人说，太冷了，你不可能忍受的；有人则勉强基于长年的情谊，不忍浇你一头冷水，只好献上祝福与鼓励。）

拉萨河静静地流淌，尽管河边的水结了一层透明的冰霜，河心的水仍从容地流着，拒抗时间的变化。草原枯槁僵毙，但仍有三两群牛羊信步低头寻找咀嚼的生机。你持续踏行，风雪增强到遮蔽视线安全的距离了，路面也坚硬了起来。过松赞干布的出生地，不停。过往甘丹寺的岔路，也不停。没有什么再能打扰你只想赶赴拉萨的决心。

午后三点多，已是放学的时刻？还是因为雪天，而提早下课呢？沿路开始出现了小学童的身影，他们瑟缩在围巾或衣领中步行，有些站定正好奇地看你，有些激动得在原地又叫又跳放声"哈啰！哈啰！"喊你，渴盼你们之间的眼神相互交会。你于是放慢速度让他们准确看到你的微笑后，才放心离去。

寺院里的红衣喇嘛立在门外，高举着酥油花灯仿佛在对你敬酒，袖口迎风呼呼地鼓荡裂响，你感到好奇的是，那盏在他掌心的烛光为何没有被风吹熄。

你听见雪片交错摩擦在空中窸窣的声音，仿佛还夹杂着学童摇手的呐喊，细微而强大，穿破冷冽的温度，你的意念饱满，轻易就扬弃了刚遇雪阻时那般失落的情绪。"到底下雪也不算一件坏事。"你想，突然感到一种全新的体念，和你之前遇雪的经验绝对不同。你这次反倒希望看风雪能怎么下怎么吹，看它能如何摧折你的意志。都不能，它瓦解不了你。你知道你无论如何今日都能到达拉萨，只是早晚的问题而已。

想到这，你忍不住停下车，掏出口袋里硬化的馒头，大力地咬啃两口，反复咀嚼，嚼出了一些满足的感觉。你又抽出胸前夹藏的一本小小的黑色羊皮制装的笔记，才刚翻开扉页，清白的雪片便落降在褐黄的页面上。笔尖与雪一交触，一笔一画的文字线条瞬时就晕染成一圈墨蓝，仿佛渗出了过多的心事。

其实你尚未完成既定的旅途，但你却已在设想关于告别的种种，深怕当真正临别的那一刻情绪过于奔窜，你将无法完整记忆。

你望向延伸在山脉深处消失的公路，把流眄的记忆调校到定格。倏然一只乌鸦挟着雪势飞落，凄厉地呱叫，在白茫茫视野里像一滴不祥的黑血。从提笔到结束，约莫半个小时，你思绪翻腾地坐在路旁的雪堆，写诗"雪域告别"。那是"酥油的情调，溜溜的情歌"；那是眼前的风景，蒙太奇的组合。或者那"雪域告别"只是你自己眷恋的想象。诗迅速写完，你有种释放开怀的感觉，但似乎也有种等量的懊悔，更甚过开怀也说不定。

毕竟你能写的，可写的，当你下笔追逐的那一刻，难道不也是证明失去的时刻吗？那未能写出、道出的，永远都比写出道出的多更多。这留得住与留不住的一切都已成为你生命的一部分。

你小心翼翼地将这些记忆收拢进本子，藏回胸前的衣服夹层，继续西行。望路远近，车胎缓缓向前滚动，但知每一步的出走，都是回归原生的土壤。流逝的开端已启，光影时强时弱呈现交替。你似乎休息过久了，四肢有点僵硬迟钝，突然遇到一处结冰的路段闪避不及，便重重侧滑摔倒，屁股一阵刺痛冰凉。你无奈起身拍拍调侃自己一番。

这应该是最后一次跌倒了吧。你忆及以往艰苦越过的几座山巅：白马雪山四二九二，红拉山口四二二〇，拉乌山口四三三八，觉巴山口三九三八，东达大山五〇〇八，业拉山口四六一八，安久拉山四四六八，色季拉山四七〇二，米拉雪山五〇一三。一千八百多公里的旅途啊，你怀念那些崇山峻岭之后的失速俯冲和与风竞飙的下坡，泪与汗反复交织的日子。你看见你与他们挥挥手了。

过了达孜县城,你依然没停,距离拉萨仅剩最后的二十公里。额头微微冒涌着细汗,脚下努力维持着每小时十二公里的速率。时间到了某个点后,不再必然是愈久愈长。时间若失去空间便不存在。时间因空间而产生了差异,似乎就没有一个相对的标准,除了你和自己,山脉与天空。

雪渐渐小了,天色廓清。心中的背景音乐逐渐被车辆声吞没,愈接近拉萨,车辆也愈来愈多,拖拉机后座堆满两层楼高的木材噗吱噗吱响着,面包车塞满大小人身呆笨地摇着短短的尾翼……你与拖拉机竞速,那些坐在木材上颠簸晃摇的女人青年小孩,无声地一直望着你。阳光逐次从云雾中拨开。

天居然晴朗,阳光大放。你觉得冥冥中好似一场故意捉弄你的安排。最后的五公里,布达拉宫就远远矗立在群山的夹缝间,赭红的宫殿冠着鎏金的屋顶,屹立在一片白色建筑的底座上,仿佛一个小小的玩具城堡,并不是真的。你停车,摘下墨镜,揉一揉眼睛,为了再确认一次。

你不再怀疑那矗立眼前的具象,轻轻启动着嘴唇说:"到了。"然后又问着自己:"那是回家的路吗?"便苦笑了起来。你拿出肥皂与毛巾在路边的小河庄重地梳洗面容,这次你想用触感光洁的额头去面对这新的旧的世界,想改掉以往在路途上的蹙眉污浊,想借着冷冽的河水浸凉滚烫的心。梳子总卡在你夹杂沙尘的发际间,你狠力地一刷一刷,尽管扯下了大笔乌黑失去光泽的长发。

睽违了两年多,你终于又来到拉萨。越过拉萨河大桥,进城,布达拉宫竟悄然消失眼前,被四周的建筑物完全遮蔽。你摸不清方向,不禁着急了起来,但你不想问路,不想开口,你要憋住自己进拉萨后的第一句话。

你匆匆地穿过比过去的印象里更加拥闹的市区，穿过人群，穿过车潮，凭着一股直觉，快快地往前骑踏，仿佛一丝丝细微的召唤——"找我，找我，来找我。在山阿间，在寺庙前，在宝塔后"——你终于来到她的跟前了。

佝偻的老藏妇独自在人行道上对着布达拉宫膜拜磕头，街上人来人往，却没有一个人经过时仰头望看这座伟大的历史宫殿，也没有一个人留意过那老妇卑微的身影。你在她的身后，留伫了一会儿，便跨过马路走到对面广阔的人民广场上。

在广场上，你前后左右来回挪动，只为了期待一个令你感动的视野角度。几位摄影摊主，手上拿着一台即可拍相机，一本相簿，向你展示着那些被他们用藏族服装装扮过的游客的照片。照张相，十元。他们见你不为所动，马上变成八元，七元，五元。你点了一根烟，坐下来。早先骑踏时的激动，不知为何竟悄悄地消逝无踪。难道是因为雪停了的缘故吗？你的心情平静到让自己都觉得分外的讶异。是不是缺少了什么，难道到了就只是到了而已？

你想象自己原本会意气风发的模样，却被眼前一脸平静无常的自己推倒那样的想象。你怀疑自己在心底是不是埋藏了敏感而不可透露的深情。你又抽了两根烟，仿佛在等待什么。然而，什么也没有。

你只好拿出相机，在镜头框里看布达拉。反复照了几张宫殿的相片，皆不满意。你转而决定照自己。你将 Panasonic 脚架立好（朋友都在背后讨论你会在哪里放弃，说你无法到达），将 Olympus 相机锁紧架板上（等会该住哪里，晚餐该吃什么，要打电话给妈妈报平安，姊姊的生日过了……），你站定后想故作意气风发的姿态，却僵硬痴傻地微笑，一手还拉着不断松滑的裤头（你的人生因此而改变了吗？他妈的，一旁几位摄影摊主居然敢偷笑你）。

自拍了几张，你也皆不满意，于是便牵着车一起入镜（该振臂欢呼吗？不要不要，那样更傻）。人生到底不能像拍照一样，喊卡就卡，说重来就重来。你试了几次后就不再玩，败兴地接受了自己本来的丑态，也甘愿承认了的确没有什么能激动你的心情。从出发至到达，你默默细数着近五十个骑车的日子。"最后"是怎样的心情，最后你知道了只有最后才能回答你。一个永远巍巍立在山脉上的城市，标高三六五八米，她到底是不是你的终点呢？

　　最后的最后，稀疏的人潮散去，你仍伫立在四处无人的广场中央等待，等待视野慢慢被黑暗逼退，在这一个遥远遥远的地方，终于——终于你肯放心地大哭一场。

选自广西师范大学出版社《转山》

　　《转山》是这几年来震动我的本土书写。因为内容的能量、因为作者的诚实与质朴。二十四岁年轻人挑战自我的壮游，高潮迭起，谢旺霖写来却是一路的自问自答。他把自己赤裸裸地展示，让我们看到他的脆弱、他的眼泪、他的奋起与毅力，使我们跟着他拼搏，为他紧张，为他欢呼。这是谢旺霖的第一本书，开始只是平实的记事写景，到了最后几章，成熟的布局经营，交响乐似的释放出庞大的感动。《转山》宣告一位杰出作家的诞生。

——台湾作家、舞蹈创作家　林怀民

ZHANG MI MAN

张弥曼

朗读者

我们是谁？我们从哪里来？这是一个哲学的命题，更是一个科学的命题。作为一位古脊椎动物学家，张弥曼用毕生的研究回答这两个问题。她与亿万年前的生物对话，她破解了古生代泥盆纪鱼类化石的密码。在科学探索的这条道路上，她走了六十年，她的足迹遍布万里江山。

张弥曼是中华人民共和国培养的第一批地质大学生，后被选拔赴莫斯科大学留学，回国后被分配到中国科学院古脊椎动物与古人类研究所，从此踏入生命起源的研究世界。她痴迷于化石，因为每块化石都见证着一段历史。年轻时，她每年有好几个月的时间在全国各地寻找化石。她坚持自己采集化石，经常独自跋涉在荒山野岭，肩负着沉重的行囊，步行几十公里山路。二十世纪七十年代，张弥曼调查、采集和研究了一批鱼类化石，为国内石油开采与古生物研究做出了巨大的贡献。八十年代，她对云南曲靖杨氏鱼和奇艺鱼化石的研究发现，又让整个古生物界为之震动。

她多年的工作得到了世界的认可。2005年，古脊椎动物学会第六十五届年会为张弥曼举办荣誉学术研讨会，只有极少数德高望重的科学家才能获此殊荣；2016年，她获得了古脊椎生物界最高奖项——罗美尔－辛普森终身成就奖；2018年，她获得了由联合国教科文组织颁发的世界杰出女科学家成就奖，这是该奖项首次授予古生物学家，对中国乃至世界的古生物学领域来说，都具有深远的意义。

朗读者 ❋ 访谈

董　卿：张院士，欢迎您！

　　　　（屏幕播放世界杰出女科学家成就奖颁奖典礼视频片段，张弥曼用英语和法语说："别对我期望太高，我不太会说法语。需要的时候我能说一点儿，但不太多……我想要感谢我所有过去和现在的同事，不论他们是在中国还是在国外。"）

　　　　听说那次去领奖您也是匆匆忙忙，那套好看的旗袍是临时做的，是吗？

张弥曼：是的，因为太匆忙了，所以就自己做。裁缝问我怎么做啊，我就告诉他怎么做，用什么颜色的布，用什么颜色的布条绲边。

董　卿：看来您偏爱墨绿的颜色，是吗？

张弥曼：因为绿颜色跟大自然更接近。

董　卿：您这一生有很多很多的时间都在大自然里行走。二十世纪五十年代的时候，您报考了北京地质学院。您怎么会有这样一个选择呢？

张弥曼：实际上我从小是想学医的，可是到了我高三的时候，刘少奇号召大家学地质，因为国家要开始建设了。他说，地质是工业的尖兵，工业需要矿产资源。我们那代年轻人都是非常理想主义的，大家都觉得国家需要的就是我们所需要的，所以我就报考了地质。当然当时也有一些另外的想法，就是觉得骑着骆驼在沙漠上走，多浪漫呢！（全场笑，鼓掌）

董　卿：我很好奇的是，报考地质学院的学生有很多，选择古鱼类作为自己研究方向的多吗？

张弥曼：我在地质学院读一年级的时候，根本不知道古生物是什么。第一年快结束的时候，学校选派了一些人到苏联去。我们一共十几个人都在一个班，都要学古生物。

董　卿：您当时在莫斯科学习了多久？

张弥曼：五年。

董　卿：学了五年，然后回到了古脊椎动物研究所。

张弥曼：对，就分配我到浙江去，因为那个地方有鱼化石。

董　卿：您大概一年有多少时间是在野外工作的？

张弥曼：那个时候大概平均每年有三个月的时间在外边。有时候就我一个女的跟三四十个男同志一起在外边跑。

董　卿：那不是很不方便吗？

张弥曼：好像也没有什么不方便。我头发剪得很短，到了野外，到了农村里头，有些村里的人就问野外队的人，这是男的还是女的啊？（全场笑）我们基本上都住在老乡家里，或者，浙江那边都有祠堂嘛，祠堂里都有戏台，我们就在戏台上住。

董　卿：跟那些男同志一起在野外，当时也没有洗澡的条件吧？

张弥曼：没有，热水都没有。难得有一点点热水，有时候野外队的同志就说："你洗个头吧。"我说我不洗，就把毛巾搓一下，把脑袋擦一擦。因为女同志洗头要一两盆水，人家都只有一点点水。

董　卿：那得连续多少天啊？

张弥曼：几十天、两个月、三个月这样。

董　卿：您不难受吗？

张弥曼：不难受，习惯了。（掌声）从六十年代到七十年代，我每一次都带虱子回来，把裤子边往上一翻，虱子就都爬出来了。（笑）

董　卿：这些衣服还能要吗？

张弥曼：像毛衣啊、内衣啊，我们都拿回来，放在锅里煮。那时候的衣服挺经煮的，现在的衣服一煮就没了。（全场笑）

董　卿：您家里还得备口大锅呀，专门给您煮衣服。

张弥曼：不用很大的锅，就在煮汤的铝锅里头煮衣服，煮了衣服以后再煮汤呗。（全场笑，鼓掌）

董　卿：我从这个细节里就觉得您在生活上对自己是没有任何要求的。

张弥曼：不太多，也不太会。像今天化妆，那是有生以来第一次，八十二年来第一次。（笑）

董　卿：我们台上有非常难得、珍贵的展示，这个是三百万年前的化石。

张弥曼：这个是一亿两千万年以前的化石。

董　卿：当看到这些古鱼类化石的时候，我们觉得它们就是一些石头；

在您的眼里，它们是什么？

张弥曼：在我的眼里它们太美了！因为它们都能够说明一些问题，它能够告诉你这个地层是什么时代的，告诉你它生活在什么环境里。做地质填图的人到了一定的界线，图拼不起来了，大家意见不一致了，就需要古生物去告诉他们。

这是我用泡沫塑料做的一个鱼的脑袋，它叫杨氏鱼。杨氏鱼的化石在六十年代初期就被发现了。

董　卿：1980年您去瑞典国家自然历史博物馆做访问学者的时候，就是带着杨氏鱼化石去做研究的。

张弥曼：对。

董　卿：我们看到的这个杨氏鱼头颅是个模型，其实它真正的长度只有二点八厘米，像我们手指头的一节那么大。当时您是用什么样的方法对它进行研究的？

张弥曼：连续磨片，就是把这个化石磨成很小的片，每一片都要在显微镜底下画一个图。

董　卿：这一片大概有多厚？

张弥曼：大概是五十微米（μm）。

董　卿：五十微米相当于多少毫米呢？

张弥曼：一个毫米里头二十片。

董　卿：一个毫米里头二十片，那就是二十分之一毫米一片。

张弥曼：对。所以尽量少丢掉它的结构吧。

董　卿：这个二点八厘米的头颅，您最后切了多少片？

张弥曼：切了五百四十几片。

董　卿：五百四十几片，每一片您都有一幅图吗？

张弥曼：每一片都有一幅图，在显微镜底下画的。

董　卿：每一幅图要画多长时间呢？

张弥曼：我记得最大的图画了十四个小时吧。

董　卿：所以有一阵子您在瑞典国家自然历史博物馆很出名，大家都知道张院士是一个不睡觉的中国女人。

张弥曼：他们挺同情我的，秘书就给我搬来一个躺椅，其实如果是躺椅，我还不如回家睡觉去呢。当时也有人跟我说，不行，这样你要得心脏病的。我说不会，那时候年轻嘛，所以也就做下来了。

董　卿：在不到两年的时间里，张院士通过对杨氏鱼头颅的连续磨片法，得出了一个很重要的科学论断。

（屏幕播放视频资料：当时古生物学家普遍认同总鳍鱼类是陆地四足动物的祖先，因为这类鱼具有内鼻孔，可以不用鳃而直接呼吸空气。张弥曼的研究却证实属于总鳍鱼类的杨氏鱼没有内鼻孔。之后她对同类化石继续进行研究，结果发现，它们都没有内鼻孔，这样就从根本上动摇了总鳍鱼类是四足动物祖先这一观点。张弥曼的这一科学结论在世界古脊椎动物学领域引发轩然大波，因为这是对传统四足动物起源说的一次挑战，而挑战的对象正是瑞典学派权威、张弥曼的导师雅尔维克。）

张弥曼：从鱼类变成两栖动物，然后变成爬行动物，同时变成鸟类和哺乳动物，哺乳动物里头的灵长类变成了人类。所以从水到陆的这一步是特别重要的，如果没有这一步的话，就没有咱们两个人今天讨论从水到陆的问题了。

我的老师雅尔维克还是要坚持他的看法。我起初也很困惑，但是后来我觉得我看见什么，我只能说它是什么，他很不高兴。我那个时候就在瑞典把论文写出来了。他就说，不要再写了，你这个已经完全够了，他说"more than enough（你在做多余的事）"，而且有时候他看见我的鱼就说："Damn the fish（该死的鱼）！"

董　　卿：您的科学论断触及了权威的言论，您会有一些压力吗？

张弥曼：我没觉得什么。学位不拿就不拿，有什么了不起的。否则的话，还做什么科学呀？科学最重要的就是，是什么就应该说是什么。（掌声）

董　　卿：坚持真理就是科学家的准则。您今天想要为大家读什么呢？

张弥曼：我今天想给大家读的是英国作家、物种拯救家杰拉尔德·达雷尔写的《没有你，万般精彩皆枉然》的选段。我想请我的朋友、丹麦古植物学家傅睿思（Else Marie Friis）跟我一起来读，谨以此篇献给每一位坚定前行的女性。

董　　卿：傅睿思是我们中科院的外籍院士，同时也是丹麦皇家科学和文学院院士、瑞典皇家科学院院士、挪威科学和文学院院士。在攀登科学高峰的道路上，女性科学家的身影弥足珍贵，她们努力前行的每一个足印，脚尖都朝着梦想的方向。其实，人在这个世界上，无论选择哪一条道路，都是荆棘和鲜花同在的，有晴空也有冷雨，不过有这样一句话：前途很远很暗，然而不要怕，不怕的人面前才会有路。就让我们坚定前行吧，相信在路的尽头，总会有梦想挥手相迎的样子。

● 导演手记

张弥曼：
我的"女神"

导演　张晶晶

张弥曼院士并不喜欢别人称她为"张院士"。她的同事和学生会喊她"张先生"，她本人则让我称她"弥曼"，这是一个非常非常好听的名字，但平时我还是会喊她"张老师"。

2018年年初，张老师获得世界杰出女科学家成就奖。我们一看到领奖视频就笃定，这是《朗读者》一定不能错过的嘉宾。

4月我们开始联系张老师。开始只打听到了她家里的电话。我在中午打过，在周末打过，也在放假的时候打过，老伴儿给出的统一答案都是：她在所里工作。等到晚餐时分再打过去，张老师解释说，因为有太多研究之外不得不去做的事情，所以只能用休息时间去弥补自己做科研的时间。

八十二岁成为"国民女神"，张老师对于"网红"的用户体验显然不佳，她更希望把时间用在科研上。可以说是毫无意外，我收到了拒绝的答复。

时间一晃到了初夏，离《朗读者》第二季录制收官越来越近，我也越来越焦躁不安。我实在无法错过这样一位与《朗读者》基因高度吻合的嘉宾，但一位八旬老人给出的与身体和家人相关的婉拒理由，又实在无法让人勉强。

做电视就是这样，有的时候注定要做"恶人"；但甘心成为"恶人"

的理由,是笃定这样做有它的意义。除了打电话和发微信之外,我先后去了两趟张老师的办公室。如果说第一次还有送《朗读者》图书这样的理由,那第二次去的时候,则完全抱着"尽人事、听天命"的态度,毕竟当时甚至都不知道张老师有没有在所里。

做好三四月的事,在八九月自然会有答案。或许是微信里那些"借猫献佛"的问候起了作用,张老师最终答应了——在繁忙且重要的会议期间抽一天出来参加录制。我还不放心地跟张老师的秘书确认行程,秘书给我的回复是:"只要是张先生答应的事,你就放一万个心。"

这就是张老师,刚毅得很:挑战权威学说,冒着拿不到学位的风险——"我看见什么,我只能说它是什么"。求真是每个人都可以挂在嘴边的词,但扪心自问,真正有几个人做得到?何况她质疑的还不是别人,而是自己的恩师、专业领域内的世界权威。

关于张老师的刚毅还有很多事情可以表明,比如她乳腺癌出院当天就去上班,孩子一个月就送到奶奶家,几十年来坚持亲自采集、整理、研究化石,和男同事一样在野外几个月不洗澡,导师用几十年才磨完一个鱼化石,她不眠不休地用两年就做完了……张老师常说自己傻,什么都不懂、不知道,只会做研究。但我们都知道,抵御诸多诱惑,持续地简单与专注,这本身就是一件多么了不起的事情。

张老师是标准的外刚内柔。她总说自己不好看,但在我看来,她的美却是世间独一份的。那份优雅和从容是真正的"女神范儿"。她说话很慢,一个字一个字地说,节奏平稳,声音坚定而有力量。就像《从前慢》里写的一样:"诚诚恳恳,说一句,是一句。"她和傅睿思的友谊维系了几十年,闺蜜俩每周都会通越洋电话,分享工作和生活中的各种苦恼和甜蜜。她也是学生的良师益友,会同意学生转方向追求真正所爱,也会把容易出成绩的领域让给学生去研究。但如果你问她这些"美谈",她一准儿会告诉你:"不是这样的。"

每次见面我都会抱抱张老师,怀着敬畏与心疼。排除所有光环,她身上本来的能量是如此巨大和迷人,无关岁月,她总是一如既往地微笑着,前进着,相信着。

谨以此文,献给亲爱的弥曼。

没有你，万般精彩皆枉然（节选）

[英] 杰拉尔德·达雷尔

我看过无数次日出日落，在大地上，森林与高山被笼罩在蜜色的光芒之中；在大海里，一团五彩云朵被添上一道殷红，在无垠的大洋中起起落落。我看过无数次月亮，满月如同金币，寒月好似冰屑般洁白，新月则宛如雏天鹅的羽毛。我看过大海平静如画，颜色如闪光的绸缎，或蓝如翠鸟，或通透如玻璃，或乌黑褶皱，泛起泡沫，沉重又凶残地翻滚着。

我感受过从南极直吹过来的风，冰冷、哭号如同走失的孩童；感受过如同爱人呼吸般轻柔温暖的风；感受过掺杂着苦涩咸味和海草死亡气息的风；感受过弥漫着森林大地肥沃、潮湿的土壤味道和千万种花香的风。烈风搅动得大海不停翻腾起沫，微风吹得海水像小猫一样轻拍海岸。

我见识过宁静：新井底部寒冷又朴实的宁静；深洞中愤恨而冷酷的宁静；炎热迷离的午后，万物被烈日催眠、平息的宁静；美妙音乐终止后的宁静。

我听过夏日蝉鸣，那声音如芒在背。我听过树蛙在无数翡翠色的萤火虫点亮的森林中，演奏着如同巴赫管弦乐般繁复的旋律。我听过食肉鹦鹉在飞跃格雷冰川时的叫声，像老人蹒跚走向大海时的呻吟。我听过交配的海狗向它们光滑的金色妻子叫喊着，如同街头小贩发出声嘶力竭的叫卖声。我听过响尾蛇清脆却不连贯的警告声，成群结队的蝙蝠刺耳的尖叫声，马鹿在齐膝的紫石楠中发出的嘶吼声。我听过狼群在冬夜对月长嚎，红吼猴的咆哮撼动森林。我听过珊瑚群中异彩斑斓的鱼群发出各种各样的呢喃声。

我见过蜂鸟如同宝石一般围绕着开红花的树闪烁，如陀螺一般嗡鸣作响。我见过飞鱼如水银一般穿越蓝色海浪，用鱼尾在海面上划出银色痕迹。我见过琵鹭像朱红的旗帜从鸟巢飞入空中的鸟群。我见过焦油般漆黑的鲸鱼，在矢车菊般蓝色的海洋中停留，用气息创造了一个凡尔赛宫的喷泉。我观看过蝴蝶浮现、停顿，又颤动，阳光把它们的翅膀熨得平整舒展。我观看过火焰一样的老虎在长草中交配。我曾被愤怒的渡鸦俯冲攻击，它们如同魔鬼的爪牙黑暗、顺滑。我曾躺在温润如奶、柔顺如丝的水中，任一群海豚在我身边嬉戏。我曾遇到过无数生灵，看过无数美景……然而——

这一切却未与你共度。

这是我的损失。

这一切我都想与你共度。

这才会是我的收获。

为了有你一分钟的陪伴，我把这一切都放弃，为你的笑，你的声音，你的眼睛、头发、嘴唇、身体，尤其是你善良又令人惊喜的心，那是只有我有权利开发的宝藏。

(叶文 译)

这段文字来自英国著名物种学家杰拉尔德·达雷尔1978年7月31日写给未婚妻的一封信。达雷尔一生饱

含对大自然和万物生灵的热情,他六岁时立志建造属于自己的动物园,从二十多岁起就开始将脚步踏向世界的各个角落。正如这封信中所写,他在路上看到过各种各样的景色,听到过纷繁各异的声音,置身于不同季节的陆地和海洋,他想将这一切美好分享给自己的爱人,也同样分享给读到这封信的人们,让这些如宝藏般的美丽风景永留心中。

——编者

父 亲

Father

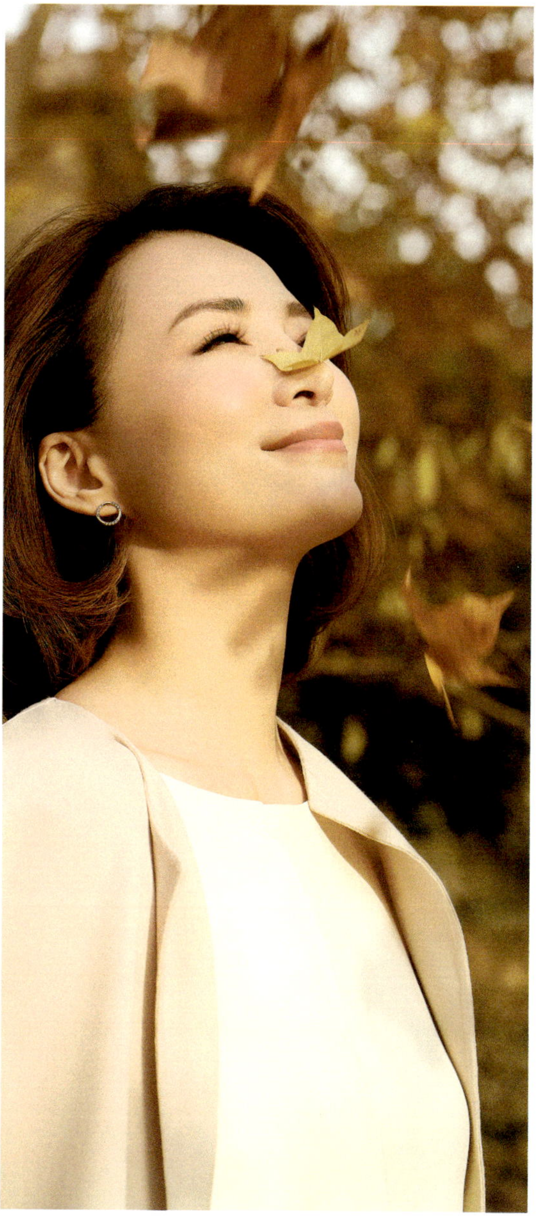

父 亲
Father

"我看见他戴着黑布小帽,穿着黑布大马褂,深青布棉袍,蹒跚地走到铁道边,慢慢探身下去……他肥胖的身子向左微倾,显出努力的样子。这时我看见他的背影,我的泪很快地流下来了。"

这一幕发生在1917年,那时候朱自清在北京大学读书,父亲到南京浦口火车站去送他。之后数年的时间里,父子俩摩擦不断,最终失和。直到有一天,已经在清华大学任教的朱自清收到了父亲从扬州写来的一封信,信中说:"举箸提笔,诸多不便,大约大去之期不远矣。"收到了这封信之后,朱自清才提笔写下了《背影》。后来听家人说,老父亲逐字逐句读完了《背影》之后,流下了眼泪。

记得,或记不得;说得,或说不得,父亲都在那里,那是一个我们一生下来就能看到的人,可是要真正读懂他,可能需要我们用掉一生的时间。

走进
朗读亭

Reading
Pavilion

    我想朗读李森祥的《台阶》送给我爸，眼睁睁地看着他头发一根一根地白了，我是真的希望我爸能好好歇歇。

    我就陪父亲在门槛上休息一会儿，他那颗很倔的头颅埋在膝盖里半晌都没动，那极短的发，似刚收割过的庄稼茬，高低不齐，灰白而失去了生机。好久之后，父亲又像问自己又像是问我：这人怎么了？怎么了呢？父亲老了。

朗读者　高敏晗（学生）

    我要为我的父亲朗读，告诉他，他的期盼对我来说不是负担，而是前进的动力。

朗读者　范雪晴（学生）

大亮患有先天性唐氏综合征，四岁的时候还不会说话，走路也走不稳。那时候我度日如年，觉得这小孩太折磨人了，就想把他送走。天还不怎么亮，我像做贼一样，抱着他出去，把他放下。一转身，我觉得我这个父亲做得挺失败的。我扭过头去，还是把他抱回来了。就在那个时候，我暗暗下定决心，以后再也不能抛弃他。我一步一步教他，几百遍几千遍，现在他自己能够独立地上学、做家务活，还懂得感恩。

　　父亲象征着力量，象征着爱。作为一个父亲，不管孩子出现什么样的挫折，我们都要坚持，都要默默地陪伴他。我要朗读一段纪伯伦的《论孩子》献给他。

　　你们的孩子并不是你们的孩子，他们是生命对自身的渴求的儿女。他们借你们而来，却不是因你们而来。尽管他们在你们身边，却并不属于你们。

朗读者　戴小斌（唐氏综合征患儿父亲）

（本期节目于2018年6月23日播出）

Readers

HUI YING HONG

朗读者

惠英红

2017年4月9日，第36届香港电影金像奖在香港隆重举行，获得这一届金像奖最佳女主角奖的是香港演员——惠英红。这已经是她第三次获得这个奖项。这一次，距离她第一次获得这个奖项已经过去了整整三十五年。有人说，她的一生经历了香港武侠片的繁荣与衰落，她的人生比电影还像电影。

惠英红祖籍山东，生于香港。她幼年家贫，三岁便跟着母亲和妹妹去码头向美国大兵兜售口香糖，乞讨谋生，整整十年。为了多挣一些钱，她做过舞女，舞过狮，生活凄惨。十四岁那年，她遇到导演张彻，成为邵氏演员，命运得以改变。她的第一部戏是《射雕英雄传》，而后又主演了多部武打片。她能打出一片天地，都是因为她有一股不怕吃苦、以命相搏的狠劲。1982年，二十二岁的她凭电影《长辈》获得首届金像奖最佳女主角奖，成为金像奖史上唯一一个靠武打形象获此殊荣的演员。

到了九十年代，香港武侠片江河日下，惠英红也逐渐无戏可拍。巨大的心理落差和满身的伤病，让她患上了严重的抑郁症，闭门不出，甚至吞药自杀。捡回一条命之后，她的心结才慢慢打开了。2001年开始，她不再介意出演配角，事业之门反而被打开了。她自如地游走于不同类型的影片之间，无论角色重要与否，都全力以赴。2009年，她又重回主角位置，凭《心魔》再度获得金像奖最佳女主角奖。如今的她，千帆过尽，云淡风轻。她说，每个人，都是传奇。

朗读者 ✤ 访谈

董　卿：我知道你的祖籍是山东诸城，二十世纪五十年代，父亲带着你们全家搬到了香港。
惠英红：对。我以前在家里面看过一张照片，我妈穿着旗袍，戴着珠宝首饰，我爸穿的是西装，我大姐还骑着脚踏车。我妈说，我爸出生在山东青岛的一个大户人家，从小他去上学的时候都不用走路，是用人背他去的，所以来到香港以后，他不会管钱，很快钱就给骗光光了。
董　卿：你出生之后，在你的记忆里，家里已经很穷了？
惠英红：那时候很多香港家庭养不起小孩，就送他们去学京剧。我快三岁的时候，我的两个姐姐和一个哥被送走了，我在铁丝网的里面，姐姐他们在外面，我在哭，喊着"不要走！"这个画面在我的脑海里永久都没办法消失。
董　卿：不管怎样，去戏班子里面可以有的住有的吃。
惠英红：对，不会饿死。香港有一次刮台风，把整个香港扫去了差不多一半。我记得我爸和我、我妈、我妹妹四个人抱着能抱的东西去一个楼梯底下，我们就住在楼梯底。
董　卿：住了多久？
惠英红：几个月吧。有一天一个阿姨路过，觉得我们比她更难过、更可怜，她就过来跟我妈说："大姐，我带着你去湾仔那边要饭，可能要得比较好。"第二天我跟我妹妹一起，我当时三岁多，我妹妹不到三岁，就去湾仔。我们拿着一个纸盒，里面放着口香糖，还有一些筷子，会响的、塑胶的 hammer（小锤），

就这样叫卖。几个月后叫卖的话已经朗朗上口了。

董　卿：那样的日子你过了多久？

惠英红：十年，整整十年。

董　卿：所以那十年你也没有办法去读书啊。

惠英红：到现在，我一天正规的学都没上过。我爸爸知道我们没机会读书，就会用他的方法教我们。他的中文非常好，他的算术也非常好，他会用一根竹棍写字：这个是"惠"，是"車"字加一个"心"。他也会教我们下棋，没有钱买棋盘，他就会在沙子上画一个棋盘。

董　卿：他有没有觉得对不起你们几个孩子？

惠英红：我爸其实不怎么讲话。妈妈带着我们去要饭的时候，你说他一个男人能开心吗？我跟我爸爸是最好的，因为我爸爸知道我是最辛苦的，也是最孝顺的。比如我每次在湾仔卖口香糖，都会赶紧在最短的时间里把我要卖的东西卖完，那样就可以有时间去玩秋千。有一天给我妈看到了，她就打我。我爸其实很怕我妈妈，但他用身子去挡，他要护着我，他就被打得身上一条条紫红色的。有时候我觉得我爸跟我的关系像朋友多一点。

董　卿：湾仔码头的那种生活过了十年之后，你遇到了张彻导演，他希望你能够去拍电影。

惠英红：那时候湾仔有一个很大的戏院，有很多首映，很多演员。我看到他们，觉得他们真是天上的明星。张彻导演说，你很上镜头，现在有个角色是穆念慈，另外一个演员不演了，你去演这个第二女主角。我就这样去拍了戏。

董　卿：这对你来讲，真的是一个特别大的人生转折。你告诉爸爸了吗？

惠英红：我爸爸那时候已经迷迷糊糊了。他得了癌症，很严重了。邵氏电影公司让我去签长约的时候，给我的钱很少，我妈说不要签，我爸不知道为什么，突然之间醒了，然后说："不要怕，你做什么事情都是对的，我相信你，你去做。"（掌声）

董　卿：你最初进入电影行业做打星其实蛮苦的，你受伤最严重的时候会到什么程度？

惠英红：腿断掉啊。我去医院，照X光看到腿断了，没时间打石膏，直接回去再拍打戏。我没办法站，武术指导就把我抱起来，我坐在他两个手上，上身打，下身的腿没打石膏，还在摇。那种疼，我的天哪，想起来就害怕。（笑）我爸爸那时候其实病得挺厉害的，我没有告诉他我受伤了。

董　卿：所以他没有看到你后来成名，更没有看到你拿奖？

惠英红：没有。我第一部电影上映的时候，我爸爸的神牌放在家里，我就把票放在那儿。我说，我当主角了，你今天晚上来看我的首映。

董　卿：在那个晚上，你是不是觉得他真的在你身边？

惠英红：其实到现在我都觉得他还在。说实在的，我没读过书，可是我第一天拍戏就要看剧本，那我的字从哪里来？是我父亲教的。我父亲还对我说："你要懂读书，要懂学问。"

董　卿：你觉得要是爸爸看到你现在的样子，他会怎么说呢？

惠英红：棒极了。（笑）

董　卿：也希望你好好活着，要活出他们没有活过的样子，要活出他们希望你活着的样子。你今天要为大家读些什么呢？

惠英红：读林少华的《父亲的手》，我希望把它献给我的父亲。

父亲的手

林少华

父亲病倒了。突然之间。脑溢血。急救室。我坐在他的病床前。他闭目合眼,昏迷不醒。但他的手仍在动,似乎只有手是清醒的。我握住他的手,叫了声"爸爸……"他的手明显回握了我一下。我再叫一声,他又回握了一下。我低头看着我手中的他的手。毕竟父子,他的手和我的手差不多。不是典型的男人的手。手掌不宽、不厚。手指不粗。手背没有老人斑。青色的血管在又白又薄的皮肤下十分清晰。整只手暖暖的、软软的。我看着、攥着、抚摸着。我忽然察觉,我还是第一次接触父亲的手——自懂事以来的半个世纪时间里我居然从未接触过父亲的手!我感到惊愕。事情怎么会是这个样子呢?因是父子,见面或分别固然不至于握手,但此外就没有接触的机会吗?没有,没有,是没有。我疏远了父亲的手。想到这里,我心疼地把父亲的一只手捧在怀里,注视着,摩挲着,眼睛随之模糊起来……

尽管生活工作在乡下,但父亲这双手几乎没做过农活,更没做过家务,也不会,甚至侍弄房前屋后的小菜园都不太会。但我必须承认父亲是个很聪明也很努力的人。父亲解放初期只念到初一就工作了,由乡供销社到县供销总社后来转到人民公社即现今的镇政府。同样这双手,却打得一手好算盘,写得一手好钢笔字和好毛笔字,写得一手好文章,下得一手好象棋。别说十里八村,即便在整个县当时都是有些名气的。可惜他脾气不好。同样一句话,从他口中出来往往多了棱角,尤其让领导听起来不大舒坦。所谓手巧不如口巧,也是由于这个原因,他一辈子都没升上去。

我继续搜寻记忆,搜寻父亲的手在父子感情之间留下的痕迹。记得大学三年级那年初夏我得了急性黄疸型肝炎,住在长春偏离市中心的传染病医院里。"文革"尚未结束,物资奇缺,连白糖都凭票供应,平时喝口糖水都不容易。而对肝炎患者来说,糖是最基本的营养品。一天中午,我在医院病床上怅怅地躺着。几个病友都睡了,我睡不着,想自己的病情,想耽误的课,想入党申请能否通过。正想着,门轻轻地开了。进来的竟是父亲。依旧那身半旧的蓝布衣裤,依旧那个塑料提包,依旧那副清瘦的面容。我爬起身,父亲在床沿坐下。父亲平时就沉默寡言,这时也没多说什么。只是简单问了问病情,然后一只手拉开提包,另一只手从中掏出一包用黄纸包的白糖,又一个一个小心摸出二十个煮鸡蛋,最后从怀里摸出二十元钱放在我眼前的褥单上。父亲一个月四十七元五,母亲没工作。八口之家,两地分居。作为长子,我当然知道这二十元钱意味什么。我说钱我不要。父亲没作声,一只手把钱按在褥单上。而后打量了一下病房,又往窗外树上看了片刻,说:"我得走了,你好好养病。"说着,拎起完全空了的塑料提包。我望着他走出门的单薄的身影,鼻子有些发酸。我家在长春东边,他工作所在的公社在长春北边,各相距一百里——父亲是从百里外的家赶来,又赶去百里外的公社的。他在那里做公社党委宣传委员。

我更紧地握着自己从不曾握过的父亲的手。我知道,这是第一次,也是最后一次——这双手再不会为我做什么了。是的,父亲是个不善于用话语表达自己正面感情,尤其对子女感情的人,这双手也就给了我更多的回忆。时间迅速向后推进,也就在一年半以前,父母在我所在的青岛生活了两年。两人的身体都还好,我就在市区较为热闹的地段租了房子给他们单住。每星期去看望一两次。客厅有个不很长的长沙发,父亲总是坐在沙发一头看电视、看报。我去的时候也坐在长沙发上,有时坐在另一头,有时坐在稍离开他的中间位置。一次无意之间,我发现原本父亲靠着的靠垫正一点一点往我这头移动。细看,原来他用一只手悄悄推着靠垫。我佯装未见,任凭靠垫移到我的身旁。显然,父亲是让我靠这靠垫。但他没有说,也没有直接递给我,而是用手慢慢推移,生怕我察觉……

如今,父亲的手永远地去了,去了三四个月了。化为青烟,化为灰烬,留在了一千多公里外的故乡一座荒山坡上。那里已经飘雪了,风越来越冷。

世界上还会有一双男性的手为我从塑料提包里一个一个摸出煮鸡蛋、一点一点往我身旁推靠垫吗?

  作为大学中的教授、翻译家,林少华观察世界的两只眼睛就是"文化乡愁"和"社会良知"。"失去良知,知识分子无非是有知识的俗物,教授无非是有教授职称的市侩而已。"在教书、翻译之余,林少华将自己的精神诉求,发而为随笔和杂文,"追求大学校园里缺少的东西——追求大学之道、为师之道、为学之道"。

  "缺少爱心,缺少悲悯情怀,缺少对大自然的敬畏,缺少环保意识。"生活在"诗意正在失去"的时代,林少华的忧虑,正是知识分子的一种担当,洞察历史与现实的一种睿智。

——作家、媒体人 柳已青

XU GUO YI

朗读者

徐国义

他自己并没有孩子，却有很多孩子称他为爸爸。孩子们说，一日为师，终身为父。提起他，几乎每个游泳界的人都会心生敬意。他就是国家游泳队教练员，有着"金牌教练"之称的徐国义。

徐国义生性低调，很多人都没有听过他的名字。然而，很多响当当的泳坛名将都是他的弟子："小飞鱼"吴鹏、"仰泳之王"徐嘉余、"金满贯"得主叶诗文、"洪荒少女"傅园慧等。徐国义1982年成为游泳运动员，1993年退役，做运动员时，最好的成绩是全国第三。退役后，他成为一名教练，在二十多年的执教生涯中，带领一群泳坛小将，在奥运会、亚运会、全运会等各项国内外重要赛事中屡获佳绩。他称自己善于谋略："当年我没有做到的，我可以帮助队员做到。"

和徐国义一起坚守方寸泳池的还有他的妻子——楼霞。他们分工明确，配合默契。楼霞善于发掘有潜力的好苗子，合理安排系统训练，打好基础；徐国义则从更高的技术层面训练和提升运动员的能力，让他们在各大赛事上争夺金牌。他们独特的训练模式，为中国游泳队输送了大量优秀人才。为了全身心投入执教，他们夫妇二人没有生育，把所有的队员视为子女，为他们倾注全部心血。

朗读者 ✦ 访谈

    （屏幕播放徐国义在训练和比赛中的视频片段。傅园慧说："他对我来说更像是在我迷茫时的一个精神上的指引。"叶诗文说："看着他这么为事业付出，为我们付出，真的觉得很心疼。"）

董　卿：我知道您有一个微信群，群的名字就叫"大家庭"。毫无疑问，您是"大家庭"里的父亲。

徐国义：对。

董　卿：群里有多少个孩子？

徐国义：有三十三个。

董　卿：都是您曾经培养过的队员吗？

徐国义：对，都是自己亲手带的队员。

董　卿：像现在您队里的徐嘉余，在十二三岁时就拜您为师了，到现在有十年了吧。

徐国义：对。2008年奥运会结束以后，是下面的教练把他推荐给我的。有两个队员，另一个的身体各方面条件都比他好。他们两个训练都不太认真，我就说，你们都回家去吧。徐嘉余就躺在游泳池边上，哭着说："我不要回家。"（全场笑）我认为这么看，徐嘉余还是喜欢游泳的。

董　卿：2015年之后，徐嘉余进入自己的一个瓶颈期，教练会是怎么样的一种心情？

徐国义：教练也会很难受。想问题呗：他为什么会停滞？我感觉他最主要的问题还是身体太单薄，他身高一米八六，体重可能只

有七十五公斤左右，只有增重才会有力量，那么就想尽办法让他吃得更好。他到哪里都需要带着牛肉，我就每天规定他吃四块、五块，必须要吃下去。（全场笑）不是好吃难吃的问题，而是营养。后来随着体重的增加，他的技术也越来越完美。

董　卿：我听说您为所有的运动员都做了一个很独特的食谱，是吗？

徐国义：我每天晚上都会给他们熬阿胶，要加核桃、芝麻，还有一定是绍兴的黄酒。阿胶起码要泡四十八个小时，然后隔水炖，三个小时以后用勺子把它匀开，匀开以后再加核桃和芝麻。核桃都是用酒瓶子弄碎的，芝麻也要炒过的。因为喜欢，我都是亲手做。（掌声）

董　卿：十二三岁很快就进入青春期了，您会怎么样去琢磨他们的心理，去跟他们有更融洽的关系呢？

徐国义：我也就是告诉他们，你到我这里是来干什么的。我认为你可以打游戏，但是不能没有自律。电脑上的事我一窍不通，他们感觉有时候挺好骗我的。（笑）他们玩游戏，我也应该是清楚的，从门缝看里面灯光是什么样子的，就明白了。

董　卿：您砸过几台电脑？

徐国义：砸过两次电脑，都是砸在徐嘉余身上。（全场笑）

董　卿：我觉得您对队员的关心是无微不至的。今天来到我们现场的时候，您还在担心叶诗文的感冒。在您的心里，一点感冒都会被当成一个事儿。

徐国义：因为当运动员的都是非常辛苦的，他们感冒了不能乱吃药，去外面吃饭也是不被允许的。他们是吃青春饭的，运动生涯就是十年、十五年，最长能到二十年。我希望他们在该努力的时候，一定要全力以赴，不要选择安逸。现在这个社会诱惑很多，但是如果你能专心致志地一辈子做一件事情，那你一定可以把它做到非常优秀。（掌声）

董　卿：2015年年底，您遭受了自己生命当中的一个打击——被查出脑部肿瘤，而那恰好是备战里约奥运会最关键的时间段。

徐国义：是，我的第一反应是，我怎么会得这个病？在昆明训练的时候，那两天好像就是头特别疼，我去昆明的医院做了一个CT（电子计算机断层扫描）。医生说："你抓紧去做手术吧。"从级数来说，有一、二、三、四、五级，五级是最高级，我是四级。

董　卿：当时您对队员说了些什么？

徐国义：我说，我去北京看看病，你们一定要好好听李雪刚教练的话。他们不知道我的病有那么严重，我怕他们担心，不想让他们知道。

董　卿：孩子们在您手术前来看过您吗？

徐国义：我不要他们过来。手术以后他们要来，我也拒绝了，我不希望他们看到我这个样子，所以他们在我的病床上挂了很多标语，让我好好加油。我说，把这些标语全部拿掉，因为我看了就会伤心，就会掉眼泪。我说，脑子一片空白是最好的。

董　卿：您会很想念他们。

徐国义：对。我十二月底做完手术，四月初就飞到广州，去看他们的预选赛。

董　卿：您又一次走进游泳馆的时候是什么感受？

徐国义：我感觉我还可以。

董　卿：我又回来了，是吗？

徐国义：（笑）我又回来了。（掌声）

董　卿：听说您要利用在北京的这几天时间再去做一次检查？

徐国义：每隔三个月就要在天坛医院做复查。

董　卿：希望一切都好。

徐国义：谢谢！

董　卿：对于现在的您来说，可能接下来还有几个大赛是面临的挑战：2018年的亚运会、2019年的世锦赛、2020年的东京奥运会。

徐国义：主要是2020年，对于竞技体育人来说，那是最高荣誉。

董　卿：而且在您的执教生涯当中，是不是还缺一块奥运男子金牌？

徐国义：对，东京奥运会必须要胜出！

董　卿：（握拳）加油！楼霞楼指导是您工作上很好的搭档，也是生活中最亲密的伴侣。你们为什么没有要自己的孩子？

徐国义：我们可以省下一大部分的精力来带运动员。我们带队员的时候，感觉带他们太辛苦了，什么事情都得操心。想一想，就是把这帮运动员当成自己的孩子一样来看待，来培养。

董　　卿：您今天想要为大家读些什么呢?

徐国义：一些励志的东西,给我们这帮小孩一点启示、启发。(掌声)

董　　卿：大家热情的掌声是送给我们的金牌教练徐国义徐指导的,而今天,几个孩子代表也来了,我们掌声欢迎叶诗文、徐嘉余、陈慧佳、吴鹏以及我们徐指导的爱人楼霞楼指导,有请各位!

　　　　　刚才我们聊得比较多的是嘉余,你都听到了?

徐嘉余：其实平时,徐指导对我会更严厉一点。

董　　卿：听说你刚跟他在一起的时候很怕他,现在还怕吗?

徐嘉余：怕,因为毕竟徐指导的气场特别大。

董　　卿：2017年世锦赛拿了金牌之后,一说到徐指导,你的眼泪一下就下来了。当时的那一幕通过电视直播给我留下了很深的印象。

徐嘉余：想到以前……(流泪)

徐国义：(笑)那么不容易。

徐嘉余：不容易。(掌声)我的个性可能比较懦弱吧,平时徐指导也会希望我更加刚毅一点,就会刺激我说:"你怎么那么'娘'?"我知道他是激励我,希望我变得更加霸气,在泳池中做一个霸主的角色。但现在就是……(流泪)

徐国义：(与徐嘉余拥抱)必须要坚强起来啊!

徐嘉余：而且在父亲眼里,我们始终是小孩子,父亲是我们的避风港。

董　　卿：楼导,我曾经听你说过,徐导一进游泳馆就像脱缰的野马,没有人能够管得住他,如果他依然是这种状态的话,你怎么办呢?

楼　　霞：我想只要他开心,他愿意,我会支持他。我每天最常做的一件事就是监督他按时服药,让他保持充沛的体力和良好的状态，他经常忘。
董　卿：有什么特别想对徐爸说的吗？
徐嘉余：我现在只想说，抓紧办婚礼。
董　卿：就是让他们俩补办一个婚礼，是吗？
徐嘉余：对。楼妈妈是个非常喜欢浪漫的人，所以她希望徐导能开窍，徐导没有想的话我们可以帮他想。（笑）
董　卿：这个我们也很期待，但是可能在徐导心里，有他觉得最重要的事情。什么是最重要的？
徐国义：（指运动员）他们是最重要的。你们慢慢长大了，我和楼教练已经慢慢变老了，希望大家都珍惜我们所在的每一个时间段，都要努力。优秀的人很多，但卓越的人很少，我希望你们是最顶尖的人。
董　卿：谢谢您！接下来我们一起来听听父亲最想说的话，我相信就藏在他的朗读当中了，把掌声送给徐教练！
徐国义：我今天朗读的是王蒙的文章《人生即燃烧》，谨以此篇献给热爱游泳事业的孩子们！

朗读者 ❉ 读本

人生即燃烧（节选）

王　蒙

　　这本漫谈人生哲学的小书快要结束的时候，我产生了一种担心：我是不是讲得太消极太老庄了？无为呀，等待呀，不这个不那个呀，快乐健康而又放松呀，这会把读者特别是青年读者带到什么地方去呢？

　　是的，我侧重于讲不要做那些不该做的事了，我对于应该做什么除了学习以外都谈得比较松弛。然而有一点是明确的，无为可能对某些人是关键，因为他为各种煽动、混乱、愚蠢和野蛮、自私、狂躁占据得太多了。但是我们的目的不是无为而是有为，不是消极而是积极，不是否定此生而是更好地使用和受用此生，不是一味等待而是主动创造，这是没有疑问的。

　　也可以换一种说法，无为呀等待呀无术呀自然呀，都是为了扫清道路，清理困扰，而后能够投入地做一些有意义、有成就、有滋味、有光彩的事情。

　　从生命个体来说，我们能够支配的关键的岁月不过那么几十年，然后再无第二次机会。对于人的一生来说，那才是机不可失，时不再来。生命由于它的短暂和不可逆性、一次性而弥足珍贵而神奇而美丽。虚度这样的生命，辜负这样的生命，这是多么愚蠢多么罪过！一个人丢了一百块钱人民币都会心痛，那么丢失了生命中的有所作为的可能，不是更心痛吗？

　　在儿童时期，人们的差异并不太多，大家都在同一条起跑线上。

此后呢，差得就愈来愈远了，有的光阴虚度，深悔蹉跎；有的怨天尤人，郁郁不乐；有的东跑西颠，一事无成；有的委委琐琐，窝窝囊囊；有的胡作非为，头破血流……有几个人成功？有几个人满意？有几个人老后能够不叹息：少壮不努力，老大徒伤悲！

而人生的不同的类型不同的结局，大体上是青年时期就可以看出点端倪来的。青年时代，谁不愿意投入生活、投入爱情、投入学习、投入事业、投入社会、投入人间？

即使生活还相当艰难，爱情还隐隐约约，学习还道路方长，社会还明明暗暗，人间还有许多不平，你也要投入，你也要尽力尽情尽兴尽一切可能，努力去争取一切可以争取到也应该争取到的，以使你能够得到智慧和光明，得到成绩和价值。我并不笼统地赞成古人立大志的说法，但你总该希望自己对社会对人群对国家民族人类多做出一点贡献，至少是确实竭尽了全力，就是说至少是充分燃烧了，充分发了热发了光，充分享用了使用了弘扬了你的有生之年。一个人就是一个能源，人的一生就是燃烧，就是能量的充分释放。能量应该发挥出来，燃烧愈充分愈好。从无光热，不燃而去，未免是一个遗憾；而刚一冒烟儿，就怠工熄灭了，能不痛苦吗？

人生就是生命的一次燃烧，它可能发出美轮美奂的光彩，可能发出巨大的热能，温暖无数人的心，它也可能光热有限，却也有一分热发一分光发一分电，哪怕只是点亮一两个灯泡，也还照亮了自己的与邻居的房屋，燃烧充分，不留遗憾。而如果你一直欲燃未燃，如果你受了潮或者发生了霉变，那就不但燃烧不好，而且留下大量的一氧化碳与各种硫化物碳化物，发出奇奇怪怪的噪声，带来对人类环境的污染，乃至成为社会的公害，这实在是非常非常遗憾的。

也许你不能留名青史，但至少应该对得起自己的这仅有的几十年。

也许你未能立德立功立言，但至少是充分发挥出了自己一生的能量。也许你的诸种努力未能奏效，例如从事艺术创作但未能被社会所承认，经商却始终未能成功，从军但终于打了败仗，但是最后"结账"的那一天，你至少可以说我已尽力了，你的失败如楚霸王垓下之战，非战之罪也。我始终不赞成以成败论英雄，我也无能帮助读者乃至我自己着着皆胜。但是至少心里应该有数，你是有志有为而且选择了正确的道路，但终因条件不具备未能大获全胜呢，还是你上来就不成样子，无志气，无作为，不学习，不努力，意志薄弱，心胸狭窄，企图侥幸，却又愤愤不平，终于一事无成。如果是前者，我愿向你致以悲壮的敬意，我还愿意把你的故事写下来，让读者为之洒一掬清泪。如果是后者，谁能纠正？谁能弥补？谁能同情？

我的长篇小说《活动变人形》中的主人公倪吾诚，在他的生命到了后期末期之时，他突然说："我的生活的黄金时代还没有开始呢。"这实在太恐怖了。一个人的成就有大有小，然而你应该尽力。尽力尽情尽兴尽一切可能了，这就是黄金时代，这就是人生的滋味，这就是人生的意义价值，这就是辉煌，燃烧的辉煌，奉献的辉煌。你尽了力，你就能享受到你尽力后的一切可能性，哪怕是"天亡我也，非战之罪也"的悲壮感和英雄主义。你享受到了尽力本身带来的乐趣，尽了力至少能得到一种充实感成就感，你也就赢得了，必然赢得了，首先不是别人，而是你自己的尊敬和满意。比如你是一枚炮弹，被尽力发射出去了，而且爆炸了，即使没有完全命中目标，也是快乐的。你是一粒树种，落到了地上，吸足了水分养分，长成了树苗，长成了大树，即使没能长到更大就被雷击所毁，你也可以感到某种骄傲。你的形象是一株树的最好的纪念碑，你的被毁至少是一次大雷雨的见证，是一个悲剧性的事件。人生是一个过程，是一个时间段，是一次能量释放反应，重在参与，重在投入，重在尽力。胜固可喜，败亦犹荣，只要尽了力，结账时候的败者，流出的眼泪也是滚烫的与有分量的。而没有尽力，蹉跎而过，那可真是欲哭无泪了！

选自人民文学出版社《王蒙自述：我的人生哲学》

  王蒙是一个丰富的、复杂的人，对中国当代文学的影响是综合性的，不单是小说方面，还有诗歌、散文、比较文学以及古典文学研究，表现在齐头并进的多个方面及前沿地带。他作为前辈给我的突出感觉是学习，这看上去是一个简单的词，但其实不然。贾平凹在一个场合说过：我是一个农民。王蒙就说如果任何人都给自己一个定义的话，我想我自己是一个学生。这句话给我的印象特别深刻，让我对他充满敬意，因为这绝不是虚假的谦虚。这要比他说自己是一个学者来得真切。历经苦难后永不言败的激情、活力、情感、智慧、燃烧，这些词用在他身上并不过分，这些都是令人感佩的。

——作家、中国作协主席　铁凝

WANG PEI MIN

朗读者

王佩民

对于她来讲，父亲只是一个名字。这个名字，没有颜色，没有温度，因为她从来没有见过自己的父亲。这个名字被写进了教科书里，成为后人景仰的烈士。或许是父女之间天然的血脉相连，她这大半辈子有太多的时间沉浸在对父亲的想念和想象之中。她就是烈士王孝和之女——王佩民。

王孝和是浙江鄞县（今鄞州区）人，1941年加入中国共产党。1946年，在上海电力公司大罢工运动中，他表现出色，被选为厂工会常务理事。在他的带领下，上海电力公司工人在同国民党上海反动当局的斗争中发挥了重要作用。1948年4月，由于叛徒的出卖，王孝和被国民党反动军警逮捕。受尽酷刑的他，没招一个字，被判处死刑。听到死刑宣判，他坚定地说："死无所惧，只要我活一天，就要同敌人斗争！"同年9月，他在上海提篮桥监狱被枪杀，年仅二十四岁。那时，距离上海解放还有八个月，大女儿还不到两岁。他牺牲后二十一天，小女儿王佩民出生了。

"我见到的父亲，是几张刑场上的照片。"王佩民这样说。她对于父亲样貌的唯一印象，就是《大公报》摄影记者拍下的庭审和刑场照片。后来，她又找到了四十七封父亲的亲笔信和三封遗书原件，这是她仅有的认识父亲的实物。在照片中，父亲永远定格在二十四岁，永远那么年轻、英俊。在信中，父亲流露出对家庭的无限牵挂，她仿佛能感到他真切的存在。

朗读者 ※ 访谈

董　卿：您是在父亲牺牲后二十一天出生的，这二十一天可以说成了您和父亲之间永远无法跨越的距离。

王佩民：我觉得父亲离我很远，又好像很近。我看到他的照片的时候，知道他是我的父亲，但是这张照片看上去就像剧照，他是我的父亲吗？有点……

董　卿：有一种不真实感。可能在您的记忆里，所有的日子都是父亲牺牲以后妈妈带着你们姐妹俩一起生活的。

王佩民：那段日子妈妈带着我们是很辛苦的。因为我们已经暴露了，没有经济来源了，妈妈就靠自己打毛线、给人家洗衣服把我们拉扯大。妈妈曾经是想要去自杀的，我爸爸的一个地下党联络员来了，我妈妈看见他以后抱头痛哭，他就跟我妈妈说，你千万不能走这条路。他还说，这两个孩子身上流的是孝和的血。这样我妈妈才一直坚持。

董　卿：父亲走了对您和您姐姐性格上的影响大吗？

王佩民：我们从小就是随便什么事情都没有人商量的，自己做主了，一直到现在。比如说自己生病吧，我从来不会叫谁陪我去看医生。现在看外孙女一回到家就喊"爸爸！爸爸！"扑到她爸爸身上，很亲热的样子，我想，我从来没有享受过这种亲热的体会。

董　卿：1994年，您跟父亲之间有了一次比较特殊的"见面"。

王佩民：1994年上海烈士陵园要把烈士墓全部搬迁到龙华烈士陵园去，这是一定要开棺的，我就向烈士陵园提出要求，想看一

看我的父亲。打开一看，里面没有东西，就几根骨头，一个头颅。我看到这些东西，知道父亲确实是存在的，我还是应该要进一步了解他。

董　卿：您反而想更多地去了解他？

王佩民：我在新华社看到了一张照片。这张照片里，他回过头去了。他在干什么？那次是秘密开庭的，没有家属，所以他在临刑以前回过头去，在看有没有家属来。

董　卿：这张照片流露出了一种眷恋和期盼。他最后没能见到你们？

王佩民：没有。我在档案室里看到一大摞信件，那是四十七封信，我就觉得好像父亲在跟我说话，亲切得不得了。

董　卿：四十七封信啊，是从他被捕到牺牲这段时间写给家人的，写给你妈妈的？

王佩民：对的。他是1948年4月21日被捕的，9月30日牺牲的，等于三天要写一封信。

董　　卿：王孝和烈士的字写得很漂亮，抬头总是写着"贤妻""贤妻妆次""瑛我妻"，很有涵养，也很尊重您的母亲。

王佩民：他很爱我的妈妈。其实我妈妈是个文盲。

董　　卿：您父亲当时就读于上海的英文专科学校，他其实可以找到一个和他更加匹配的姑娘。

王佩民：是的。我父亲和我母亲是包办婚姻，家里人介绍的，我父亲就叫组织来做决定。他们领导看了以后说，这个小姑娘很朴实。没有文化挺好，有利于我们的工作，更安全。

董　　卿：您父亲对您母亲也很好，他能想到的几乎都写到了，包括在您马上要出生的时候，他又写道："但愿你分娩顺利，未来的孩子就唤他叫佩民！"

王佩民：对。他牺牲以前，还没忘把我的名字取好，我一生出来，我妈妈就叫："孝和啊，佩民出来了。"这是我妈妈第一次叫我的名字。所以我看到这里也是很伤心的……我父亲一直不知道我是男是女。

董　　卿：我看资料说，您母亲在您父亲被捕的前一段时间里，一直劝他能够去躲避一下。

王佩民：我父亲完全是可以转移的，但是父亲没有接到组织的通知。我妈妈跪在他面前，抱着他的两条腿说："求你快走，你为了我们家庭想想，你为了孩子想想。"他还是不走。所以到21日凌晨他去上班的时候，国民党就下手了。其实后来我们才知道，组织上叫他转移的通知已经下来了，只是没有找到交通员，所以这个通知……

董　　卿：晚了。

王佩民：告诉他晚了。

董　卿：听说您还有个习惯，就是周围如果有哪家的老人去世了，您还得托他去捎个话。

王佩民：（哽咽）我一直很想找他，不知道他在哪里，真的有没有另一个世界。比如说我的叔叔没了，我妈妈过世了，在他们的追悼会上，我会跟他们说，你们去找我爸爸，见到我爸爸，带个信，告诉他："这里还有你的第二个女儿佩民。"（掌声）

董　卿：2018年是他牺牲整整七十周年。

王佩民：我也已经七十了，其实我现在已经大大地超过了他活着的年龄了。越是到年纪大，越是会想到他；越是生活好，越是会想到他。

董　卿：所以今天您的朗读要献给父亲，是吗？

王佩民：我想献给我的父亲，永远怀念的父亲。

先　父

刘亮程

一

我比年少时更需要一个父亲,他住在我隔壁,夜里我听他打呼噜,很费劲地喘气。看他弓腰推门进来,一脸皱纹,眼皮耷拉,张开剩下两颗牙齿的嘴,对我说一句话。我们在一张餐桌上吃饭,他坐上席,我在他旁边,看着他颤巍巍伸出一只青筋暴露的手,已经抓不住什么,又抖抖地勉力去抓住。听他咳嗽,大口喘气——这就是数年之后的我自己。一个父亲,把全部的老年展示给儿子。一如我把整个童年、青年带回到他眼前。

在一个家里,儿子守着父亲老去,就像父亲看着儿子长大成人。这个过程中儿子慢慢懂得老是怎么回事。父亲在前面蹚路。父亲离开后儿子会知道自己四十岁时该做什么,五十岁、六十岁时要考虑什么。到了七八十岁,该放下什么,去着手操劳什么。

可是,我没有这样一个老父亲。

我活得比你还老的时候,身心的一部分仍旧是一个孩子。我叫你爹,叫你父亲,你再不答应。我叫你爹的那部分永远地长不大了。

多少年后,我活到你死亡的年龄:三十七岁。我想,我能过去这一年,就比你都老了。作为一个女儿的父亲,我会活得更老。那时想起年纪轻轻就离去的你,就像怀想一个早夭的儿子。你给我童年,我自己走向青年、中年。

我的女儿只看见过你的坟墓。我清明带着她上坟，让她跪在你的墓前磕头，叫你爷爷。你这个没福气的人，没有活到她张口叫你爷爷的年龄。如果你能够，在那个几乎活不下去的年月，想到多少年后，会有一个孙女附在耳边轻声叫你爷爷，亲你胡子拉碴的脸，或许你会为此活下去。但你没有。

二

留下五个儿女的父亲，在五条回家的路上。一到夜晚，村庄的五个方向有你的脚步声。狗都不认识你了。五个儿女分别出去开门，看见不同的月色星空。他们早已忘记模样的父亲，一脸漆黑，站在夜色中。

多年来儿女们记住的，是五个不同的父亲。或许根本没有一个父亲。所有对你的记忆都是空的。我们好像从来就没有过你。只是觉得跟别人一样应该有一个父亲，尽管是一个死去的父亲。每年清明我们上坟去看你，给你烧纸、烧烟和酒。边烧边在坟头吃喝说笑。喝剩下的酒埋在你的头顶。临走了再跪在墓碑前叫声父亲。

我们真的有过一个父亲吗？

当我们谈起你时，几乎没有一点共同的记忆。我不知道五岁便失去你的弟弟记住的那个父亲是谁。当时还在母亲怀中哇哇大哭的妹妹记住的，又是怎样一个父亲。母亲记忆中的那个丈夫跟我们又有什么关系。你死的那年我八岁，大哥十一岁，最小的妹妹才八个月。我的记忆中没有一点你的影子。我对你的所有记忆是我构想的。我自己创造了一个父亲，通过母亲、认识你的那些人。也通过我自己。

如果生命是一滴水，那我一定流经了上游，经过我的所有祖先，爷爷奶奶、父亲母亲，就像我迷茫中经过的无数个黑夜。我浑然不觉的黑夜。我睁开眼睛。只是我不知道我来到世上那几年里，我看见了什么。我的童年被我丢掉了。包括那个我叫父亲的人。

我真的早已忘了，这个把我带到世上的人。我记不起他的样子，忘了他怎样在我记忆模糊的幼年，教我说话，逗我玩，让我骑在他的脖子上，在院子里走。我忘了他的个头，想不起家里仅存的一张照片上，那个面容清瘦的男人曾经跟我有过什么关系。他把我拉扯到八岁，他走了。可我八岁之前的记忆全是黑夜，我看不清他。

我需要一个父亲，在我成年之后，把我最初的那段人生讲给我。就像你需要一个儿子，当你死后，我还在世间传播你的种子。你把我的童年全带走了，连一点影子都没留下。

我只知道有过一个父亲。在我前头，隐约走过这样一个人。

我的有一脚踩在他的脚印上，隔着厚厚的尘土。我的有一声追上他的声。我吸的有一口气，是他呼出的。

你死后我所有的童年之梦全破灭了。剩下的只是生存。

三

我没见过爷爷，他在父亲很小时便去世了。我的奶奶活到七十八岁。那是我看见的唯一一个亲人的老年。父亲死后她又活了三年，或许是四年。她把全部的老年光景示意给了母亲。我们的奶奶，那个老年丧子的奶奶，我已经想不起她的模样，记忆中只有一个灰灰的老人，灰白头发，灰旧衣服，弓着背，小脚，拄拐，活在一群未成年的孙儿中。她给我们做饭，洗碗。晚上睡在最里边的炕角。我仿佛记得她在深夜里的咳嗽和喘息，记得她摸索着下炕，开门出去。过一会儿，又进来，摸索着上炕。全是黑黑的感觉。有一个早晨，她再没有醒来，母亲做好早饭喊她，我们也大声喊她。她就睡在那个炕角，弓着身，背对我们，像一个熟睡的孩子。

母亲肯定知道奶奶的更多细节，她没有讲给我们。我们也很少问过。仿佛我们对自己的童年更感兴趣。童年是我们自己的陌生人。我们并不想看清陪伴童年的那个老人。我们连自己都无法弄清。印象中奶奶只是一个遥远的亲人，一个称谓。她死的时候，我们的童年还没有结束。她什么都没有看见，除了自己独生儿子的死，她在那样的年月里，看不见我们前途的一丝光亮。我们的未来向她关闭了。她对我们的所有记忆是愁苦。她走的时候，一定从童年领走了我们，在遥远的天国，她抚养着永远长不大的一群孙儿孙女。

四

在我八岁，你离世的第二年，我看见十二岁时的光景：个头稍高一些，胳膊长到锨把粗，能抱动两块土块，背一大捆柴从野地回来，走更远的路去大队买东西——那是我大哥当时的岁数。我和他隔了四年，看见自己在慢慢朝一捆背不动的柴走近，我的身体正一碗饭、一碗水地长到能背起一捆柴、一袋粮食。

然后我到了十六岁，外出上学。十九岁到安吉小镇工作。那时大哥已下地劳动，我有了跟他不一样的生活，我再不用回去种地。

可是，到了四十岁，我对年岁突然没有了感觉。路被尘土蒙蔽。我不知道四十岁以后的下一年我是多大。我的父亲没有把那时的人生活给我看。他藏起我的老年，让我时刻回到童年。在那里，他的儿女永远都记得他收工回来的那些黄昏，晚饭的香味飘在院子。我们记住的饭菜全是那时的味道。我一生都在找寻那个傍晚那顿饭的味道。已经忘了是什么饭，一家人围坐在桌旁，筷子摆齐，等父亲的脚步声踩进院子，等他带回一身尘土，在院门外拍打。

有这样一些日子，父亲就永远是父亲了，没有谁能替代他。我们做他的儿女，他再不回来我们还是他的儿女。一次次，我们回到有他的年月，回到他收工回来的那些傍晚，看见他一身尘土，头上落着草叶。他把铁锨立在墙根，一脸疲惫。母亲端来水让他洗脸，他坐在土墙的阴影里，一动不动，好像叹着气，我们全在一旁看着他。多少年后，他早不在人世，我们还在那里一动不动看着他。我们叫他父亲，声音传不过去。盛好饭，碗递不过去。

五

你死去后我的一部分也在死去。你离开的那个早晨我也永远地离开了，留在世上的那个我究竟是谁。

父亲，只有你能认出你的儿子。他从小流落人世，不知家，不知冷暖饥饱。只有你记得我身上的胎记，记得我初来人世的模样和眼神，记得我第一眼看你时，紧张陌生的表情和勉强的一丝微笑。

我一直等你来认出我。我像一个父亲看儿子一样，一直看着我从八岁长到四十岁。这应该是你做的事情。你闭上眼睛不管我了。我是否已经不像你的儿子。我自己拉扯大自己。这个四十岁的我到底是谁。除了你，是否还有一双父亲的眼睛，在看着我。

我在世间待得太久了。谁拍打过我头上的土。谁会像擦拭尘埃一样，拭去我的年龄、皱纹，认出最初的模样。当我淹没在熙攘人群中，谁会在身后喊一声：呔，儿子。我回过头，看见我童年时的父亲，我满含热泪，一步步向他走去，从四十岁，走到八岁。我一直想把那个八岁的我从童年领出来。如果我能回去，我会像一个好父亲，拉着那个八岁孩子的手，一直走到现在。那样我会认识我，知道自己走过了怎样一条路。

现在，我站在四十岁的黄土梁上，望不见自己的老年，也看不清远去的童年。

我一直等你来认出我，告诉我辈分，一一指给我母亲兄弟。他们一样急切地等着我回去认出他们。当我叫出大哥时，那个太不像我的长兄一脸欢喜，他被辨认出来。当我喊出母亲时，我一下喊出我自己，一个四十岁的儿子，回到家里，最小的妹妹都三十岁了。我们有了一个后父。家里已经没你的位置。

你在世间只留下名字。我为怀念你的名字把整个人生留在世上。我的身体承受你留下的重负，从小到大，你不去背的一捆柴我去背回来，你不再干的活儿我一件件干完。他们说我是你儿子，可是你是谁，是我怎样的一个父亲。我跟你走掉的那部分一遍遍地喊着父亲。我留下的身体扛起你的铁锨。你没挖到头的一截水渠我得接着挖完，你垒剩的半堵墙我们还得垒下去。

六

如果你在身旁，我可能会活成另外一个人。你放弃了教养我的职责。没有你我不知道该听谁的。谁有资格教育我做人做事。我以谁为榜样一岁岁成长。我像一棵荒野中的树，听由了风、阳光、雨水和自己的性情。谁告诉过我哪个枝丫长歪了。谁曾经修剪过我。如果你在，我肯定不会是现在的样子。尽管我从小就反抗你，听母亲说，我自小就不听你的话,你说东,我朝西。你指南,我故意向北。但我最终仍长得跟你一模一样。没有什么能改变你的旨意。我是你儿子,你孕育我的那一刻我便再无法改变。但我一直都想改变,我想活得跟你不一样。我活得跟你不一样时,内心的图景也许早已跟你一模一样。

早年认识你的人,见了我都说:你跟你父亲那时候一模一样。

我终究跟你一样了。你不在我也没活成别人的儿子。

可是,你那时坚持的也许我早已放弃,你舍身而守的,我或许已不了了之。没有你我会相信谁呢?!你在时我连你的话都不信。现在我想听你的,你却一句不说。我多想让你吩咐我干一件事,就像早年,你收工回来,叫我把你背来的一捆柴码在墙根。那时我那么的不情愿,码一半,剩下一半。你看见了,大声呵斥我。我再动一动,码上另一半,仍扔下一两根,让你看着不舒服。

可是现在,谁会安排我去干一件事呢?!我终日闲闲。半生来我听过谁的半句话。我把谁放在眼里,心存佩服。

父亲,我现在多么想你在身边,喊我的名字,说一句话,让我去门外的小店买一盒火柴,让我快一点。我干不好时你瞪我一眼,甚至骂我一顿。

如今我多么想做一件你让我做的事情,哪怕让我倒杯水。只要你吭一声,递个眼神,我会多么快乐地去做。

父亲,我如今多想听你说一些道理,哪怕是老掉牙的,我会毕恭毕敬倾听,频频点头。你不会给我更新的东西。我需要那些新东西吗?

父亲,我渴求的仅仅是你说过千遍的老话。我需要的仅仅是能够坐在你身旁,听你呼吸,看你抽烟的样子,吸一口,深咽下去,再缓缓吐出。我现在都想不起你是否抽烟,我想你时完全记不起你的样子。

不知道你长着怎样一双眼睛，蓄着多长的头发和胡须，你的个子多高，坐着和走路是怎样的架势。还有你的声音，我听了八年，都没记住。我在生活中失去你，又在记忆中把你丢掉。

七

你短暂落脚的地方，无一不成为我长久的生活地。有一年你偶然途经，吃过一顿便饭的沙湾县城，我住了二十年。你和母亲进疆后度过第一个冬天的乌鲁木齐，我又生活了十年。没有谁知道你的名字，在这些地方，当我说出我是你的儿子，没有谁知道。四十年前，在这里拉过一冬天石头的你，像一粒尘土埋在尘土中。

只有在故乡金塔，你的名字还牢牢被人记住。我的堂叔及亲戚们，一提到你至今满口惋惜。他们说你可惜了。一家人打柴放牛供你上学。年纪轻轻做到县中学校长、团委书记。

要是不去新疆，不早早死掉，也该做到县长了。

他们谈到你的活泼性格，能弹会唱，一手好毛笔字。在一个叔叔家，我看到你早年写在两片白布上的家谱，端正有力的小楷。墨迹浓黑，仿佛你刚刚写好离去。

他们听说我是你儿子时，那种眼神，似乎在看多少年前的你。在那里我是你儿子。在我生活的地方你是我父亲。他们因为我而知道你，但你不在人世。我指给别人的是我的后父，他拉扯我们长大成人。他是多么的陌生，永远像一个外人。平常我们一起干活儿。吃饭，张口闭口叫他父亲。每当清明，我们便会想起另一个父亲，我们准备烧纸、祭食去上坟，他一个人留在家，无所事事。不知道他死后，我们会不会一样惦念他。他的祖坟在另一个村子，相距几十公里，我们不可能把他跟先父埋在一起，他有自己的坟地。到那时，我们会有两处坟地要扫，两个父亲要念记。

八

埋你的时候，我的一个远亲姨父掌事。他给你选了玛纳斯河边的一块高地，把你埋在龙头，前面留出奶奶的位置。他对我们说，后面这块空地是留给我们的。我那时多小，一点不知道死亡的事，不知道自己以后也会死，这块地留给我们干什么。

我的姨父料理丧事时，让我们、让他的儿子们站在一旁，将来他死了，我们会知道怎样埋他。这是做儿子的必须要学会的一件事，就像父母懂得怎样生养你，你要学会怎样为父母送终。在儿子成年后，父母的后事便成了时时要面对的一件事，父母在准备，儿女们也在准备，用很多年、很多个早晨和黄昏，相互厮守，等待一个迟早会来到的时辰，它来了，我们会痛苦，伤心流泪，等待的日子全是幸福。

父亲，你没有让我真正当一次儿子，为你穿寿衣，修容，清洗身体，然后，像抱一个婴儿一样，把你放进被褥一新的寿房。我那时八岁，看见他们把你装进棺材。我甚至不知道死亡是怎么回事。在我的记忆中埋你的墓坑是一个长方的地洞，他们把你放进去，棺材头上摆一碗米饭，插上筷子，我们趴在坑边，跟着母亲大声哭喊，看人们一锨锨把土填进去。我一直认为你从另一个出口走了。他们堵死这边，让你走得更远。多少年来我一直想你会回来，有一天突然推开家门，看见你稍稍长大几岁的儿女，衣衫破旧，看见你清瘦憔悴的妻子，拉扯五个儿女艰难度日。看见只剩下一张遗像的老母亲。你走的时候，会想到我们将活成怎样。我成年以后，还常常想着，有一天我会在一条异乡的路上遇见你,那时你已认不出我,但我一定会认出你,领你回家。一个丢掉又找回来的老父亲,我们需要他的时候他离去了。等我长大,过上富裕日子,他从远方流浪回来,老得走不动路。他给我一个赡养父亲的机会。也给我一个料理死亡的机会。这是父亲应该给儿子的,你没有给我。你早早把死亡给了别人。

九

我将在黑暗中孤独地走下去,没有你引路。四十岁以后的寂寞人生,衰老已经开始,我不知道自己在年老腰疼时,怎样在深夜独自忍受,又在白天若无其事,一样干活儿说话。在老得没牙时,喝不喜欢的稀粥,把一块肉含在口中,慢慢地嚼。我身体迟早会老到这一天。到那时,我会怎样面对自己的衰老。父亲,你是我的骨肉亲人,你的每一丝疼痛我都能感知。衰老是一个缓慢到来的过程,也许我会像接受自己长个子、生胡须一样,接受脱发、骨质增生,以及衰老带来的各种病痛。

但是,你忍受过的病痛我一定能坦然忍受。我小时候,有大哥,有母亲和奶奶,引领我长大。也有我单独寂寞的成长。我更需要你教会我怎样衰老和死亡。

如果你在身旁,我会早早知道,自己的腿在多大年龄变老,走不动路。眼睛在哪一年秋天花去。这一年到来时,我会有时间给自己准备老花镜和拐杖。我会在眼睛彻底失明前,记住回家的路和那些常用物件的位置。我会知道你在多大年龄开始为自己准备后事,吩咐你的大儿子,准备一口好棺材,白松木的,两条木凳支起,放在草棚下。着手还外欠的债。把你一生交往的好朋友介绍给儿子,你死后无论我走到哪,遇到什么难事,认识你的人会说,这是你的后人。他们中的某个人,会伸手帮我一把。

可是,没有一个叫父亲的人,白发飘飘,把我向老年引。我不知道老是什么样子。我的腿不把酸痛告诉我。我的腰不把弯曲告诉我。我的皮肤不把皱纹告诉我。我老了我不知道。就像我年少时,不知道自己是一个孩子。我去沙漠砍柴,打土块,背猪草。干大人的活儿。没人告诉我是个孩子。父亲离开的那一年我们全长大了,从最小的妹妹,到我。你剩给我们的全是大人的日子。我的童年不见了。

直到有一天,我背一大捆柴回家,累了在一户人家墙根歇息,那家的女人问我多大了,我说十三岁。她说,你还是个孩子,就干这么重的活儿。我羞愧地低下头,看见自己细细的腿和胳膊,露着肋骨的前胸和独自长大的一双脚。你都死去多少年了,我以为自己早长大了,可还小小的,个子不高,没有多少劲。背不动半麻袋粮食。

如果寿命跟遗传有关,在你死亡的年龄,我会做好该做的事。如果我活过你的寿数,我就再无遗憾。我的儿女们,会有一个长寿的父亲。他们会比我活得更长久。有一个老父亲在前面引领,他们会活得自在从容。

现在,我在你没活过的年龄,给你说出这些。我说的时候,我能感觉到你在听。我也在听,父亲。

写于 2002 年底
改于 2003 年底

选自人民文学出版社《一片叶子下生活》

真是很少读到这么朴素、沉静而又博大、丰富的文字了。我真是很惊讶作者是怎么在黄沙滚滚的旷野里，同时获得了对生命和语言如此深刻的体验。在这片垃圾遍地、精神腐败、互相复制的沙漠上，读到农民刘亮程的散文，真有来到绿洲的喜悦和安慰。

——作家　李锐

L
I

Y
A
N

H
O
N
G

朗读者

李彦宏

1992年，李彦宏还是美国纽约州立大学布法罗分校的一名普通留学生，当他申请一个计算机图形学的研究生项目时，被教授追问："你在中国有计算机吗？"当时，这个问题把他难住了。因为在中国，他确实没有计算机。但正是这个问题，让他暗下决心，将来一定要让中国也拥有强大的计算机产业。

1999年年底，身在美国硅谷的李彦宏看到了中国互联网及中文搜索引擎服务的巨大发展潜力，怀抱着技术改变世界的梦想，他毅然放弃美国硅谷的高薪工作，回国创业。2000年1月1日的中关村，一家中文搜索引擎公司成立了。李彦宏为它取了一个富有诗意的名字——百度，取自"众里寻他千百度"。时至今日，百度已经成为仅次于谷歌的全球第二大搜索引擎，更是全球最大的中文搜索引擎。现在，再也没有人会说，中国看不到创新的影子；也不会再有人问，中国有计算机吗？

今天的百度拥有数万名研发工程师，这是中国乃至全球最优秀的技术团队之一。这支队伍掌握着世界上最为先进的搜索引擎技术，使中国成为美国、俄罗斯和韩国之外，全球仅有的四个拥有搜索引擎核心技术的国家之一。2018年，李彦宏登上《时代周刊》（亚洲版）封面，该杂志称他为"the innovator（创新者）"，评论他"正在帮助中国赢得二十一世纪"。在这个日新月异的时代，他没有止步不前，他开始带领百度致力于人工智能等相关前沿技术的研究和探索，希望人工智能能成为经济增长的重要推动力。

朗读者 ❋ 访谈

董　卿：2000年对于你来讲真的是一个新千年。那一年不仅有了百度，你的大女儿也出生了。

李彦宏：是，有了我的第一个孩子。

董　卿：你看到她的第一眼是什么样的感受？

李彦宏：我就觉得，这是我的。（笑）今后我的生命就不一样了，这是我自己的选择，我一定要很好地去培养她，照顾她。

董　卿：你会给孩子换尿布吗？

李彦宏：会呀。

董　卿：你会半夜给孩子喂奶吗？

李彦宏：会呀。（全场笑）这孩子一晚上醒好多次。即使是白天，她也哭，有时候一哭一个小时，所以也有很多时候想，哎哟，这怎么办呢？反正是比较累。但我觉得就是有盼头吧，无论是百度这个公司也好，还是这个孩子也好，一天一天地在成长，这是给我最大快乐和幸福的地方。

董　卿：时间飞快啊，一转眼十八年过去了。你现在已经有第二个女儿了。我们的视频里将会出现一些关键词，左边蓝色的关键词是百度员工对你的一些评价，右边粉色的关键词是你的二女儿对你的一些描述。

　　　　（蓝色关键词包括：人工智能、能早起、园丁、高考状元、脾气好、耿直、理工男、年轻人、不解风情等。粉色关键词包括：自信、伟大、爱笑、聪明、温暖、大忙人、相信我、宠我、万能等。）

李彦宏：还是挺不一样的。

董　卿：我们来看看女儿心中的爸爸：伟大的爸爸，勇敢的爸爸，爱笑的爸爸，宠我的爸爸……我注意到里面有追剧，你还陪着她追剧吗？

李彦宏：她特小的时候就开始看青春剧，看了之后有不明白就来问我。

董　卿：青春剧里面有很多关于爱情的情节。

李彦宏：是。

董　卿：如果她有这样的问题问你，你会怎么解答呢？

李彦宏：他们这一代人觉得这些东西都很正常吧。有时候我觉得不引导反而更真实。她跟我说，爸爸，我将来不要找男朋友，我想做 CFO（首席财务官）。

董　卿：为什么不做 CEO（首席执行官）？

李彦宏：她可能不知道 CEO 是什么。（全场笑）

董　卿：虽然我知道你父亲已经不在了，但如果用一些形容词来形容他，你会选一些什么样的词汇呢？

李彦宏：我父亲是一个挺独立的人，他给我的教导里让我记得最清楚的一句话是"三军可夺帅也，匹夫不可夺志也"，就是说，认准了就去做，不跟风，不动摇。

董　卿：他自己也是这样一个人吗？

李彦宏：他是一个普通的工人，也没有多少机会在职业上有什么发展，但是我觉得他一直有自己独立思考的能力。记得我刚刚上小学的时候，我爸爸就跟我讲，你要努力读书，将来自己要考大学。因为我们家是个很普通的家庭，我们没有后门可走，你要靠自己的本事。

董　卿：你在自己后来人生的很多重要节点上，比如说出国留学或者回国创业，都会征求父亲的意见吗？

李彦宏：其实等我接近成年的时候，我父亲基本上就不在这方面给我提供太多意见了。我考大学的时候，考哪个学校、报哪个专业都是我自己做决定的。他可能很早就觉得我超过了他。

董　卿：但是在父亲走之前，可能还是有一件事情是你顺从了老人家本人的意愿，遵从了他的选择。

李彦宏：对。就是在他弥留之际，有一次很危险，他突然昏迷了，医院就给我打电话，征求我的意见，要不要上呼吸机。我当时很着急，就说上，赶快上。等到他醒过来，他说："为什么要把我捆起来？为什么要给我上呼吸机？我知道我得的是不治之症，所以如果我再昏迷的话，你不要再给我采取这种抢救措施了。"当他第二次昏迷的时候，医院还是在征求意见说："我们要不要抢救他？"我……下了一个决心吧，就说："我听我爸爸的。"他既然觉得人的自尊比多活几天更重要，那我应该尊重他的意愿。

其实，父亲在世的时候，我平时很忙，见他的时间不多，我也很少做梦。但是在他过世大概不到一年的时间里，我已经梦到过他至少五六次了，我觉得冥冥当中，我还是有很多话没来得及跟他说，有很多应该相处的时间没有给他。这是我特别后悔的。

董　卿：我注意到你今天戴了一枚戒指。

李彦宏：我在美国的时候像很多当时的美国青年一样赶时髦，买了一条金项链戴在脖子上。回国之后，人家告诉我说，这个好像不太符合中国文化，我就把它给了父亲。他后来把这条金项链重新打造，打成了戒指，戴了十几年吧。我父亲去世那一天，我们把他送到殡仪馆，回来的路上，我妈妈就把这枚戒指给我，她说："你戴上吧。"我当时第一反应就说，我从来不戴戒指。我妈妈跟我说："你现在跟过去不一样了，过去你是有爸爸的，以后你是没有爸爸的人了。"我听了之后，觉得这话说得特别对。这是我们父子之间的一个纽带吧。（掌声）

董　卿：我记得余华曾经写过一句话："我走遍这个城市的所有角落，眼睛里挤满老人们的身影，唯独没有父亲的脸庞。"

李彦宏：我梦里经常有他，梦到他年轻的时候，梦到他生病的时候。我们俩应该都属于不太善表达的那种人，但是人又很善良，特别愿意倾听别人说。我跟他很像，我其实是到很大的时候才注意到这一点的。

董　卿：所以你今天要为父亲读些什么呢？

李彦宏：我要读一首诗，是罗伊·克里夫特的《爱》，我也想把我的女儿拉上，我们一起给大家读。

董　卿：你跟他说过爱吗？

李彦宏：没有，从来没有。就我们家的这种传统啊，连一声"谢谢"都从来没有说过。

董　卿：说也好，不说也好，爱的存在是最重要的。

李彦宏：对，一个是存在，一个是你要有行动。

董　卿：我们也可以把这次朗读看成一次行动。

李彦宏：对，献给他，希望在天堂的他能够听到。

董　卿：刚才李彦宏说了，他今天的朗读要和他的女儿一起完成，我们掌声欢迎 Brenda（李韵迪）。

　　　　　你有没有听过爸爸说这么多话？

李韵迪：没有。我特别惊讶他有这么多经历，而且他每个问题都回答得那么好！（全场笑）

董　卿：你想借这个机会对他说些什么吗？

李韵迪：(对李彦宏) 谢谢你，我永远会支持你。爸爸，我爱你！（父女拥抱）

爱

[爱尔兰] 罗伊·克里夫特

我爱你
不只因为你的样子,
还因为
和你在一起时我的样子。

我爱你,
不只因为
你做成了什么样的事,
还因为
为了你我能做成的事。

我爱你,
因为我的一部分
由你呼唤而出;
我爱你,
因为你的手
穿过我充盈的心房
还略过了
你不禁

依稀可见的
所有傻事，弱点，
你的手向着亮光
绘出了
一切属于我的美丽
别人从未看到过的
距离太远难以觅到的美丽。

我爱你，因为
你在帮助我
让我生命中无用的废物
不是小酒馆
而是庙宇；
让我日复一日的
工作
不是责备抱怨
而是一首歌。

我爱你，
因为你做的
比任何信条能做到的
要多得多
让我变成好人，
也比任何命运能做到的
要多得多

让我愉悦。
你做到这一切
没有触碰，
没有言语，
没有信号。
你做到这一切
因为你是你。
也许，这
毕竟是
朋友的意义。

(梅特 译)

    这首诗的作者到底是谁，存在一定的争议，比较多的人认为它的作者是爱尔兰人罗伊·克里夫特。关于这位作家的生平记载非常少，甚至有人认为他是美国人，大约生于1905年，卒于1980年，1979年出版过一本二十八页的诗歌选集。这首诗经常出现在婚礼的誓词当中，但它诠释的爱的真谛其实存在于所有的关系里：因为你，我找到真实的自己；因为你，我变成了更好的人；我爱你，所以更爱我自己。

——编者

WEI SHI JIE

朗读者

魏世杰

魏世杰有时候称自己为"核弹老人",有时候又自称是一个"倒霉老头"。他既是一位勇敢的科学家,同时也是一位坚强的父亲。

魏世杰1964年毕业于山东大学物理系。毕业后,就进入我国的核物理研究领域。二十世纪五六十年代,中苏关系恶化,美国、苏联对中国开展了严密的核技术封锁,中央提出了自主研发"两弹一星"的号召。魏世杰接受国家委派,前往青海参与研制。在戈壁荒滩上,他隐姓埋名二十六年,参加了中国第一颗原子弹、氢弹及导弹核武器的研制工作。他与钱三强、邓稼先、于敏等科学家一起,为国家的国防事业和核武器研究奉献了全部青春和心血。

他之所以称自己为"倒霉老头",是因为命运对他真的太过残酷。他有一儿一女,儿子有先天性的智力障碍,智商和六七岁的小孩差不多,女儿则患有严重的精神疾病。面对这样的境况,魏世杰的妻子也不堪打击,同样患上了精神疾病。他一个人要照顾三个人,有时不堪重负。这么多年,他撑过来了。

退休后的魏世杰本该颐养天年,但是他更愿意将普及科学知识视为己任。他撰写科普读物,在各地学校做科普报告。在写作和演讲的时候,他的所有疲累仿佛全部消失,整个人又焕发了神采。有人问他会不会抱怨命运的不公,他笑着回答,人生既有苦难,也有幸福,陪着家人,不管多苦多累,都心甘情愿。

朗读者 ❋ 访谈

董　卿：1964年您刚刚从山东大学物理系毕业就被派往青海，参与第一颗氢弹的研制，那时候您到试验基地主要是负责什么工作呢？

魏世杰：核武器里有一部分是炸药，我负责炸药部件的性能测试。

董　卿：这是非常危险的。

魏世杰：对。比如说炸药爆炸的概率是百分之二十，一百次里就有二十次是肯定会爆炸的。有一次我们做一个炸药饼子，从压机上把它向外脱出来的时候，炸药一下子就掉下来了。在场的有四个人，全被炸死了。那一次，我对"粉身碎骨"有了切身体会，因为第二天我们到现场去的时候，就找不到一具大的遗骸。我们把捡起来的东西分成四堆，放在四个棺材里。都是很年轻的人……

董　卿：可能您由此也更感受到了肩上的担子，其中有着重大的责任和使命。

魏世杰：是。后来我们慢慢知道了，我们是在为国家制造核盾牌，这个时候应该是心潮起伏吧，在这个地方即便是牺牲了，也是光荣的。（掌声）

董　卿：1967年6月17日是氢弹空爆试验成功的日子，那时候您在哪儿啊？

魏世杰：那时候我就在二二一厂，因为保密的原因，我们也和全国人民一样，从报纸上、广播里得知我们的氢弹试验成功了。对于我们内部人来说，心里面是感到非常高兴的，但是不能表

现出来，大家也就会意地互相笑一笑。

董　卿：让我最佩服的是，像这样充满了危险性的工作，您干了不是一天两天，不是一年两年，是二十六年。

魏世杰：那二十六年在我的一生里面是非常难忘的，我想，我为我们国家核武器的研究事业做出了一点贡献，尽管可能很微薄，我也感到很知足了，很值得。（掌声）

董　卿：这二十六年里，每年能回家探望家人一次吗？

魏世杰：每年有一次探亲假，十六天。结婚以后就是双职工了，三年一次探亲假，也是十六天。

董　卿：三年一次，一次十六天，太少了！

魏世杰：（笑）就这样。我们两个都在一个室，但不是一个组，她是搞化学分析的。孩子当时是送给我父母亲了，因为一年才回家一次，她都不认识你，你回去的时候要给她带点什么东西，她都不要。尽管我是她爸爸，她也不敢要。探亲不是十几天就要回去吗？我们走的时候都是泪汪汪的，舍不得。我记得我这个孩子第一次放在家里，她不吃饭，也不喝牛奶，非找她妈不可。当时我爱人在火车上就哭了一路。

董　卿：二十六年以后，1990年，您终于可以回到老家山东青岛了。您是从什么时候发现儿子的智力有问题的？

魏世杰：很早就发现了。他的学习不太好，后来他们老师告诉我，你这个孩子有点缺心眼。后来到医院检查了，先天性的智力残疾，二级。

董　卿：那您现在在生活上需要照顾他哪些方面呢？

魏世杰：主要是卫生问题。地不拖，衣服不洗，洗个脚、洗个澡都很费劲。我给他写了一个守则。

董　卿：（读）首先每天要拖地板、倒垃圾，耽误一次，扣零花钱五元；及时冲厕所，冲不干净，扣零花钱五元；不买腐烂的水果，不买烂的鱼虾，违反一次，扣零花钱五元。他懂吗？

魏世杰：（笑）懂，主要是培养他的独立能力。我也不能永远活下去，你总得让他自己尽量地能够独立。反正是慢慢来吧。

　　　　闺女就比较严重了，她得了精神分裂症。半夜的时候她把你喊起来，为什么呢？地上掉了一根头发，她要你把它捡起来；这个头发很危险，你得把它捡起来。你给她一个碗，碗里可能有点水，她要你把水给她倒掉；倒掉就倒掉吧，连续倒了二十次，她还是不满意。

董　卿：您会不耐烦吗？

魏世杰：我开始的时候以为她故意捣乱，也打过她两下，后来感到很后悔，不应该打她，她是病人，不是她愿意这么做的，你只能照顾她，只能服从她。

董　卿：她清醒的时候，认为您是一个好父亲吗？

魏世杰：她有一次自杀，自杀前写了一封遗书，她说："爸爸妈妈，你们是世界上最好的爸爸妈妈，我这一辈子不能报答你们了，我到下辈子报答你们。"让我很感动的。（掌声）

董　卿：您会不会有一种补偿的心理？

魏世杰：我有这个想法，因为在上半生我基本上没有管他们，现在他们都有病了，我要尽力，尽我最大的努力减轻他们的痛苦。

董　卿：可是谁来照顾您呢？其实在一般的家庭，作为一个已经七十七岁的老人，您也需要别人来照顾呀。

魏世杰：我现在是家里的顶梁柱。我看到别的老人有时候下个棋，上个老年大学，或者出国旅游，这些事情对我来说就太奢侈了。我现在甚至都不敢生病，我尽力地保持自己的健康，能顶过去就顶过去。现在一家子不是四个人吗？三个需要我照顾。

董　卿：老伴身体也不好是吧？

魏世杰：老伴是后来得了精神分裂症。2007年，因为这俩孩子的原因吧，可能她受到了刺激。她也自杀过一次，后来我把她抢救过来以后，她说了一句话，我也很感动。她说："老魏，我看你太累了，我要是死了，你还稍微轻快点。"我当时就是……泪流满面吧。我们两个是战友，从青海到四川，这么多年都过来了，风风雨雨。她现在是住在重症监护室里面，探视时间只有半个小时，每次去的时候，她都是拉着我的手，不让我走。

董　卿：那您现在会把自己的精神寄托在一些什么事情上呢？

魏世杰：我有自己的业余爱好。我喜欢写作，我现在每天想办法抽出两个小时来写作，也可以说这是我最开心的时候吧。我要在另外一个世界里面把思想稍微放松一点儿。

董　卿：魏老写的文章有点像自传小说。大家听一听，这是魏老即将出版的《禁地青春·二》的一个小片段："因为太突然，我竟然愣住了，不知所措。这是真的吗？还是一种幻觉？'爸爸！'海燕扑到了我怀里，我抚摸着她的头发。这是真的，他们回来了。海燕恢复了少女般的活泼、天真、朝气蓬勃。"

魏世杰：这是我的一个幻想。在小说里面，我把他们的病都治好了，至少我心灵里会感到一点儿安慰。

董　卿：回到现实生活中，您有没有一些时候会埋怨上天的不公平？

魏世杰：我没有这个想法。一个是照顾自己的亲人，你不会感到太痛苦的。再一个，我总是想，人生就是这样，就像一个硬币有两个面，这一面是苦，那一面是乐，都是不可避免的。你要热爱幸福的生活，也要热爱苦难的生活，这才是真正的热爱生活。（掌声）

董　卿：您现在再来看，在您这样一个家庭里，作为父亲，对于孩子的意义是什么？

魏世杰：父亲对孩子来说，就是他的一个最大的支柱。当孩子遇到问题的时候，父亲就要挺身而出，应该是责无旁贷地给他们遮风避雨。

董　卿：即便您知道他们其实已经无法回报您了。

魏世杰：不需要回报。父亲从来不要求孩子，自己付出了要有什么回报。他们也知道关心我，当然不像其他人那样关心那么多，但是哪怕有这一点点关心，我也觉得很温暖了。（掌声）

董　卿：今天您的朗读想献给谁呢？

魏世杰：我想读爱默生的一段文字，把它献给我的孩子，愿天下所有的孩子幸福、安康。

董　卿：我们作为儿女，更应该祝愿天下所有父母能够幸福、安康。魏老年轻的时候是核弹研究专家，是我们国家国防事业的功臣，但是他这辈子还完成了一项了不起的事业，就是做一个最坚强、最乐观、最豁达、最值得敬重的父亲，不问难与不难，不问值与不值，终身，永远。向天下所有的父亲致敬！爱你们。

朗读者 ❦ 读本

工作与时日（节选）

[美] 拉尔夫·瓦尔多·爱默生

第三个萦绕我们的幻觉是，岁月无价，不论一年、十年或一个世纪都值得珍惜。不过有这样一句古老的法语谚语："上帝每时每刻都在工作。"我们一直在寻求漫长的生活，但生活深不可测，或只是在重要时刻才有意义。让衡量时间不再是机械行为，而是精神行为吧。生命不必很长。洞察的时刻、美好的人际关系、一个微笑、一个眼神——它们才是真正的永恒。生命会到达顶点，会聚集浓缩。荷马说："众神仅在某一天将理性的一部分分享给人类。"

我与诗人华兹华斯的观点相同，他认为："生活中没有真正的幸福，只有在智慧和美德中才能找到快乐。"我也同意普林尼的观点："当我们快乐做事时，生命也在不断被拉长。"我同样欣赏格劳孔的见解，他说："生命的衡量尺度，噢！苏格拉底，就是你演说与聆听你演说中的智慧。"

告诉我恒星之间距离有多远的人只能充实我的知识。如何理解时日可以衡量一个人。我们不会用心聆听一个纯粹诗人的诗，也不会理睬一个地道数学家的问题。然而，如果一个人既熟悉事物的几何构造，又懂得它们的乐趣与华彩所在，那他的诗句就真挚而动人，他的数学问题就有音乐性。我认为最博学的人就是这样的，而不是那些只专注于挖掘被埋葬的王朝的人，譬如辛努塞尔特与托勒密王朝、天狼星时代、奥林匹克时代。最博学的人能阐明特殊的理论。除了虔诚，他能解开隐藏于其他所有事物上、连接无趣的人与事的纽带吗？人们总认为这过去的十五分钟是时间，不是永恒，是次要的，只是希望或回忆。也就是说，是如何能获得幸福与幸福能带来什么，而不是幸福本身。他能否与人平等相处？阐述道理的人引导我们从卑微与等待施舍的生活走向富裕和稳定。他让自己身处之地有尊严可言。落魄、有好奇心、平庸、流动、善模仿的美国，勤奋的希腊、罗马、英国和德国，他们都将脱掉满是灰尘的靴子，脱去有光泽的旅行者的帽子，安静地坐在家里，脸上洋溢着深层的喜悦。世上不存在如此景象，历史上也没有这般时刻，将来没有第二次平等机会。现在，让诗人们放声歌唱吧！让艺术尽情蔓延吧！

我还有一个观点。生活只有充满魔力和音乐，有完美的时机与谐和，而我们不仔细剖析它时，才是美好的。你必须尊重生活，认真地把自己当成一天来活，而不能像一个大学教授般质问它。世界如同难解的谜语——包括所有据说的、已知的和在做的事，我们不可逐字逐句地解读它，而应该和蔼亲切地对待它。我们必须准确理解所有事物。你必须用心聆听鸟儿的歌声，而不是试着用名词或动词描述歌声。我们不能节制、顺从些吗？我们不能让早晨就是早晨吗？

宇宙中的一切都是间接而行的，没有直线。我清楚地记得一位外籍学者的拜访带给年轻的我的快乐。他说："海岛上的原始人在快乐地冲浪，脚踏轮子飞奔而来，接着又畅游回去，在几个小时内重复这愉悦的时光。而我们人类的生活是由转变组成的。没有放弃就不会成功。天文学如同间谍活动。我不敢出门欣赏星星和月亮，因为它们似乎在监督我的工作，会问我完成了多少行多少页作业。不过我告诉过你，在百丽岛情况就大不相同。那里只吸引热爱同一个目标的人。只填补时间是真正的幸福。上帝啊！填充我的时间吧！那样一来，我就不会说'我生命中的一个小时已经过去了',而是'我真切地过了一个小时'。"

我们不喜欢做作的人,虽然他们有一定的文学才能或职业功绩,但他们为了钱写诗,倡导某种事业,执行某项策略,或者在意志的强烈推动下,设法朝某个独特的方向漠然地转变能力。不,世界上做得最好的——天才的作品——是一文不值的。杰作不需要痛苦的努力,只是思想的自然流露。莎士比亚让他的哈姆莱特如鸟儿构筑穴巢一般。诗词是在睡梦和清醒之间不负责任地完成的。幻想如此定义自己:

> 人们总是在落日的余晖中,
> 用半睁的双眼去
> 窥视,我就是如此!

大师们为快乐而绘画,并且知道幸福不会离他们而去。他们不可能以冷血抒发热爱。杰出的英语抒情诗人写的歌曲洋溢着欢乐。这是盛开的力量之花。法国女人的信中这样说:"迷人的意外,更迷人的存在。"诗人的诗如歌曲一般悦耳。一首歌曲只有在自由与高雅的环境中,才能成为真正的歌曲。如果歌者出于责任唱歌或不得不唱歌时,我宁愿他沉默不语。只有不在乎睡觉的人才不会失眠,不过于注重写或说的人往往写得最好、说得最好。

科学也遵循同样的规则。专家通常是一些爱好者。他们在不知不觉中就能完成关于蚯蚓、蝌蚪或蜘蛛腿的学术论文,他像专业学者那样仔细观察,他夸张地对着显微镜,就这样,他的研究报告完成了,接着审阅、印刷,然后他又回到日常远离科学的生活中。但是对牛顿而言,科学如呼吸一样简单。他用平日系鞋带所用的智慧计算月亮的重量。他的生活简单，充满智慧和神秘。阿基米德也是如此——他如同天空一样保持不变。林奈、富兰克林对人亲切而平等，没有高傲，而他们的成就却有益于全人类，他们永远为人们纪念。

当我们揭去时光的幻想面纱，找寻岁月的意义为何时，我们就开始寻求每个时刻的品质，完全放下了对时间长度的追逐。我们生活的意义不是表面的延伸，而是对生命深度的探索。我们进入永恒，时间只是永恒那翩翩飞舞的表面现象。的确，缓慢的思想加速和增力使得我们的生活看上去漫长而无尽头。我们称之为时间；但是，当加速与深入起了作用时，它需要一个更高的名字。

有些人不需要太多经历。多年以后，他们会说，我们早就知道这所有的一切；他们爱恨分明；明辨亲密与敌对的关系；他们不像其他人一样那么在乎外在条件；他们喜欢独处，享受自我；他们善于发号施令，却不愿被命令支配；他们自己存在，自我帮助；他们努力成为自己。现在的他们是伟大的，他们不是天才，或者毫不介意这一点——天资只是一种工具；是一种特性，是哲学能获得的最高名称。

英雄们是如何做到这些或那些的并不重要，关键的是，他们是什么。这将表现在他的每一个动作中或语言里。此时，时间与特性合而为一。

古希腊传说里宙斯与阿波罗之争有力地证明了特性超越天资。太阳神向众神挑战，说："谁能超越射箭射得最远的阿波罗？"宙斯回答："我能。"阿瑞斯摇摇头盔里的签，阿波罗抽到第一个。于是他张开弓箭，射向最西方。宙斯站起来，一大步走完这段距离，说："我应该射向哪里？已经没有空间了。"因此射手的奖章颁给了没有发箭的宙斯。

这是每个认真的人最盼望的过程。从人类的工作到取得成功的喜悦；从对作品的尊敬到对他身处时间的神秘元素的疑惑；从评估每小时产量的经济到极度繁荣的经济，尊重我们的工作质量与权利，或忠实于我们身边流逝的东西；然后来到思想深处，寻找它的普遍性，或在永恒而不是时间中寻找它的根源。然后它流于特性中，这种特性珍视每一时刻，让我们在任何条件下都变得伟大，也是我们对自由和力量的唯一定义。

（埃依 译）

> 爱默生最大的成就在散文。他的散文与培根的一样，警句格言层见叠出。然而爱默生的随笔在其他很多方面跟培根的大相径庭，它不像培根随笔那样短小严密，而是像密西西比河水滚滚而来，有一发不可收的磅礴气势，使人想起惠特曼的诗。爱默生写道："上帝说话的时候，他应当传达的不是一件事，而是所有的事。"所以他的文章大有吐尽自己一切观点的架势。他的文章充满了激情。
>
> ——翻译家 蒲隆

城　市

C i t y

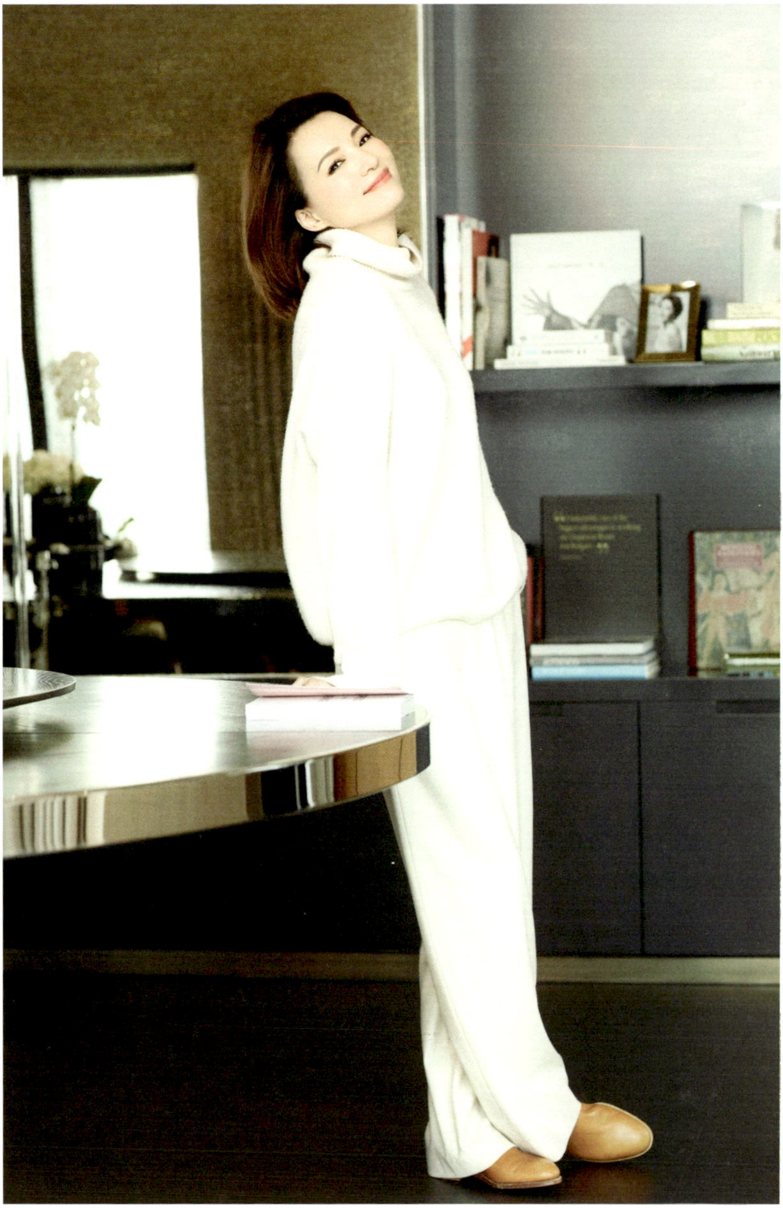

城市是人类伟大的发明，它容纳一切生活的轨迹。在城市里，每一条街、每一栋楼的背后，都藏匿着一片天地。城市的城，是指用一片墙围起来的地域，市则是指交易，这是城市最原始的形态。而随着城市的发展，城市早已各自有了各自的模样、各自的性格和命运。

城 市
City

对海明威来说，城市就是他眼里如同一场流动的盛宴般的巴黎；而对于老舍来说，城市是永远无法割舍的北平的天空；上海则赋予了张爱玲最华丽的伤感。每个人心中都有一座城，它可能是此时此刻我们生活的这座城市，也可能是我们已经离开了的那座城市，也可能是我们向往的一座城市，而无论是念念不忘，还是心向往之，我们都在寻找一个既能够安身，也能够安心的地方。

一群人和一座城之间相互包容、相互给予、相互创造、相互成就。在城市的边界被无限拓展的时候，也留下了所有关于生长的故事。诚如亚里士多德所说："人们为了活着聚集在城市，也将为了更好的生活而继续聚集下去。"

走进朗读亭

Reading Pavilion

　　我把《横越大海》送给我认识了十二年的最好的朋友。虽说洪水会把我带走,远离时空的范围,我盼望见到我的舵手,当我横越了大海。

朗读者　朱荟瑾(学生)

　　济南是文化古城,它非常有个性,也有很多秘密。我要朗读《你在高原》中的一段。宁珂第一次来到这个海滨城市就有一种奇特的感觉。这儿的天气有些阴郁,这也影响了他的心情。……他觉得在这座城市中,这个海关用灰木栅栏和高墙围起,越发像一个孤岛。

朗读者　张炜(作家)

上海是中国共产党的诞生地，它见证了很多历史上光辉的第一，让上海人的血脉中传承着红色基因。上海电影制片厂是伴随着中华人民共和国的诞生而成立的，里面有一批优秀的演员。我从少年到青年，在银幕上看到过很多他们塑造的英雄人物；在银幕下，他们也真的是共产党员。我就是受了他们的影响，让我看清楚了自己，未来该走怎么样的一条路。我已经八十多岁了，就算是不睡觉，为党工作的时间也不会太长了。我一定要珍惜，珍惜这份无上的荣耀。

今天我想把敬爱的习近平总书记写给我的一封信读给大家听，以此让我们共学共勉。

牛犇同志：你好！得知你在耄耋之年加入了中国共产党，实现了自己的夙愿，我为此感到高兴。你把党当作母亲，把入党当成神圣的事情，六十多年矢志不渝追求进步，决心一辈子跟党走，这份执着的坚守令人感动。

朗读者　牛犇（著名表演艺术家，2018年以八十三岁高龄入党）

（本期节目于2018年7月7日播出）

Readers

WANG
LUO
YONG

朗读者

王洛勇

王洛勇被称为"百老汇华裔第一人",他因主演百老汇名剧《西贡小姐》而成为西方音乐剧界的顶尖明星,并获得美国福克斯演员奖最佳男演员奖。他的演出海报曾常年悬挂在纽约世贸中心的顶层,《亚洲周刊》称"由于他的表演,百老汇舞台历史将翻开新的一页",《美国戏剧》则说:"美国应该更多地承认像王洛勇这样的亚裔演员,从他身上可以预见,中国演员、中国戏剧走向世界已为期不远。"

尽管有美国媒体称王洛勇为"来自东方的奇迹",但他的成功并非偶然得来。他十一岁就离家去湖北十堰的一所戏曲学校学习京剧武生。每天都要摸爬滚打、舞刀弄枪,练就了扎实的形体表演基本功。1981年,王洛勇考上了上海戏剧学院,毕业后留校任教。几年后,出于对百老汇舞台的向往,他辞去了工作,在英文单词量不过几十个的情况下,去美国学表演。贫困、劳累、饥饿、语言不通,这些考验他都凭着"吃大苦、耐大劳"的精神挺过来了。1995年,他终于以《西贡小姐》主演的身份站在了百老汇的舞台上。他成功了。

一个东方人站在西方舞台上,困难程度超出常人想象。王洛勇打破了西方人对东方的偏见,他把中国传统艺术的扎实功底融入他的表演,还能更深入地理解角色,为人物开掘出新的深度。2001年,王洛勇回国发展。他一边演戏,一边为表演系的学生授课,还向海外推介中国话剧,他开始努力做一名中西交流的"文化大使"。

朗读者 ❦ 访谈

(屏幕播放王洛勇用英语朗诵《出师表》的视频片段)

董　卿：这么纯正的发音，就是因为你在美国生活了十八年？

王洛勇：是。当时去美国也是一个很偶然的机会，这应该感谢莎士比亚，因为莎士比亚，我走出了国门，参加了国际莎士比亚戏剧节，碰上了美国的一位伟大的台词老师，她叫克里斯汀·林肯雷特。她邀请我说，你应该到美国来学习，我愿意担保你。我听后都要疯了，就是出国心切。克里斯汀·林肯雷特女士把报名表寄来，让填上我的信息。最要命的是，需要一个录音，没办法，那就是投机取巧了，我找了我们学校的一个年轻的留校老师，他帮我录了音。就这样跌跌撞撞地去了美国。

到学校一试，英语不行。一上学，人家说，你会吗？"Yes（是的）！"你考试考得怎么样？"Yes！"考了多少分？"Yes！"你为什么不开始？"Yes！"……你没听懂吗？"Yes！"（全场笑）就发现人家的脸都不对了，一考试，啥都拿掉了，我被降到戏剧学院外面的语言学校分校去学习。

董　卿：你的奖学金也没了，学习资格也没了。

王洛勇：什么都没有了，真的明白了走投无路是什么感觉。

董　卿：那你最后是怎么克服这一关的呢？

王洛勇：波士顿大学戏剧学院的台词老师叫鲍勃·卓别林，就是他救了我。他说，你一定要强化训练：上课就是一个聚光灯，每天四个小时，精神绝对地集中。不能说中文，像练小提琴长音把位一样练一组新的口腔肌肉。

董　卿：有些什么样的具体方法呢？

王洛勇：比如说"th"音出不来，第一件事就是要把舌头拉出来，就不能对你的舌头客气。比如"thank you（谢谢）"，我们老师就说，"thank you"，咬到了舌头。老师给我买了新手绢说，这个是送给你的台词课礼物，你就每天拉着舌头坐在地铁车上。在波士顿，地铁叫"T"，我就坐着"T"……（演示咬舌头，全场笑）有两次，一些人坐下来就盯着我，我都不知道，因为伸舌头时间长了以后，手绢上全是哈喇子。有些地方真的过不去的时候，我把那个英汉字典撕了就扔，撕了就扔，发誓再也不学英文了，因为学了上句，下句就忘；一读下句，上句就忘。哎呀，那个难受啊，恨自己笨哪……

董　卿：你是想回来了吗？

王洛勇：当然了！太难受了！我跟张建一第一次去联合国看到中国国

旗，眼泪"哗哗"地下来，就感到那种委屈，没人能帮你挺住，所有的事都得自己干。但是我在想，就是因为那个走过来的过程，我才获得重生。我跟他扎扎实实学了三年，最后我走上了百老汇。（掌声）

董　卿：一旦语言解放之后，你就可以去争取更多的机会。是不是很快就得到了工作？

王洛勇：我运气太好了。看完音乐剧《西贡小姐》，就觉得这个角色我应该演。我跑到维尼·利夫导演那儿，敲了门进去。那帮人说："So（所以）？"我说："What（什么）？"他在等去北京的飞机票！我说我没有啊，他扭头就骂了他的秘书。我说，等一等！我就想要你看一下我演《西贡小姐》，我要试这个男主角。

董　卿：他以为你是送机票的。

王洛勇："Who are you（你是谁）？""I'm Luoyong（我是洛勇）．I'm from Shanghai（我来自上海）．I want to audition for you（我想为你表演）．""Can you sing（你会唱吗）？""Yes I can sing（是的，我能唱）．""OK．Sing（好，唱吧）！"（唱）"Love me tender, love me sweet（温柔地、甜蜜地爱我吧）；Never let me go（永远不要让我走）．"我就唱了。一唱完他笑了，说这首歌跟《西贡小姐》完全不一样。我说，这歌就是因为要见你我才练的，你把歌给我嘛，我去练一下。他说，好吧。我练了一年，一年之后，《西贡小姐》愿意给合同了。

董　卿：而后就是连续五年多两千四百七十八场。（掌声）

王洛勇：那几年我啥事也不敢参加，不敢多说话，回到家里就睡觉。一个星期演八场，我说我的责任太大。我记得当时一个演员说，当我们第一次看到洛勇的时候，我们不知道他是谁，看到他那么瘦弱的样子，没想到他真的能够把这个角色拿下来。我们才知道不能歧视，不能事先把人看死。让我们一起给他力量。哎呀，真的是有一种被他们接受的感觉，很亲切。

董　卿：所以现在回望，你会怎么样来看你和这座城市的关系？

王洛勇：我有时候跟我女儿过街，不经意听到公共汽车司机说："Hi, Luo（你好，洛）！"就叫我"洛"。我说："Go, go, violation（走，走，犯规了）！"我说，你都犯规了，"Now go, go（现在，走，走）！"当你在 The New Yorker（《纽约客》）的城市指南上到处都看到自己剧照的时候，真的会有一种荣誉感：过去，我跟这个城市啥关系也没有，那么害怕它，甚至有被抢的经历，一贫如洗，连门都找不到；到今天，我真是觉得，我也是这个城市的一员哪。

董　卿：很多很多年轻人经常会觉得迷失在城市，他们会觉得城市很大，自己很小，怎么办？我觉得往往在这个时候，应该要逆向思维，你要把自己放大，你要去清醒地认识到你是谁，你想做什么，你能做什么，而后把每一件事情都做好了，终有一天你会在这个城市里找到属于自己的位置。

王洛勇：你这个总结太好了。你的理想不能丢掉，目标不能丢掉。

董　卿：那你今天想为大家读些什么呢？

王洛勇：英国作家夏洛蒂·勃朗特的小说《简·爱》节选，我以此篇献给一直默默支持我的妻子——丁宁。

朗读者 ❀ 读本

简·爱（节选）

[英] 夏洛蒂·勃朗特

"过来跟我说声早安。"他说。我高高兴兴地走上前去。这回我得到的已不再只是一句冷淡的招呼，甚至也不再只是握一握手，而是拥抱和接吻。受到他这样的热爱和爱抚，似乎显得十分自然，十分亲切。

"简，你看上去容光焕发，而且笑盈盈的，很漂亮，"他说，"今天早上的确很漂亮。难道这就是我那个苍白的小精灵吗？这就是我那颗会摇身一变的小芥子末吗？这个脸带笑靥、嘴唇鲜红、有光滑的褐色头发和发亮的褐色眼睛、满脸喜洋洋的小姑娘？"（读者，我的眼睛是绿色的，不过你得原谅他这个错觉，因为我猜想在他眼里它们大概有了不同的颜色。）

"这是简·爱，先生。"

"很快就要成为简·罗切斯特啦，"他补充说，"再过四个星期，简妮特，一天也不多了。你听清了吗？"

我听清了，却还不能完全明白它的含义。它使我头都晕了。这种感受，这种对我做出的宣告，是一种跟喜悦极不相同的远为强烈的东西——一种叫人震惊、发呆的东西，我觉得，这几乎近于恐惧。

"你脸上发红，现在又发白了，简，这是为什么？"

"是因为你给了我一个新的名字——简·罗切斯特，而它听起来那么古怪。"

"不错，罗切斯特太太，"他说，"小罗切斯特太太——费尔法克斯·罗切斯特年轻的新娘。"

"这绝不可能，先生，这听起来都不大像是真的。世上的人从来不会享受到完全的幸福。我也不见得生来就跟我的同类会有不同的命运，幻想这样的幸运会落到我的头上那简直是神话，是白日做梦。"

"这我能够而且一定会让它成为现实的。我今天就开始。今天早晨我已经写了封信给我在伦敦银行里的代理人，叫他给我送来托他保管的一些珠宝——历代桑菲尔德女主人的传家宝。我希望再过一两天就能把它们统统倒在你的裙兜里，因为假如我要娶的是一个贵族女儿，我能给她的一切特权和关心，我也一定都要献给你。"

"唉，先生！别提什么珠宝啦！我不喜欢听人家谈起它们。简·爱戴上珠宝，听上去都显得既不自然又挺古怪。我宁愿不要它们。"

"我要亲自把钻石项链戴在你的脖子上，把头饰套在你的额头上，它一定会很相配的，简，因为大自然至少把它的贵人标记盖在了你这额头上。同时我还要在这双纤秀的手腕上套上手镯，在这些仙女般的手指上戴满戒指。"

"别这样，别这样，先生！想想别的话题，讲讲别的事情，换个调子。别把我当个美人似的跟我说话，我只是你那相貌平常、像个贵格会教徒的家庭教师。"

"你在我眼里是个美人，而且是正合我心意的美人——又娇小又潇洒。"

"你是说，又矮小又不起眼吧。先生，你不是在凭空幻想，就是在有心奚落。看在上帝分上，别挖苦人吧！"

"我还要叫全世界的人都承认你是个美人。"他还是这样说下去，我听着越来越对他说话的调子心里嘀咕起来，因为我觉得他不是在盲目自欺，就是在存心欺骗我，"我要让我的简一身绸缎和花边，她要头发上插上玫瑰花，我还要在我最心爱的头上蒙上珍贵无比的面纱。"

"那你就会认不出我来了，先生，我会不再是你的简·爱，而是一只穿着花花绿绿小丑衣服的猴子，一只披着别人羽毛的八哥鸟。这样我还不如看着你，罗切斯特先生，满身戏装打扮，而我自己也身披贵妇长袍更好些。我决不说你漂亮，先生，尽管我十分爱你。太爱你了，绝不会来假意奉承你，你也别来奉承我。"

可是他不顾我的极力反对，还是接着这个话头继续说下去："今天我就要带着你坐马车上米尔科特去，你得给自己挑选一些衣着。我跟你说过我们再过四个星期就结婚。婚礼不张扬，就在下坡那儿的那个教堂里举行，完了以后马上就带你进城。在那儿稍微耽搁一阵，我就要带着我的宝贝去太阳多一点的地方，到法国葡萄园和意大利平原上去。她会见到古往今来各种有明文记载的著名文物，也会尝到大城市生活的风味。那时她只要跟别人公平地比较一下，就会学会看重自己了。"

"我要去出门游历？而且是跟你一起吗，先生？"

"你要在巴黎、罗马和那不勒斯住住，还要在佛罗伦萨、威尼斯和维也纳。凡是我跋涉过的土地都要让你去重新涉足，凡是我脚踏过的地方，也要让你留下仙女般的脚印。十年前，我差不多发疯似的跑遍了欧洲，伴随着我的只有憎恶、痛恨和愤怒。如今我要身心健康、面目一新地重游旧地，由一位真正的天使给我安慰做伴。"

他说这样的话我不由朝他发笑。"我可不是个天使，"我断然地说，"而且到死也不想做，我就是我。罗切斯特先生，你既不要指望也不能强求我身上有什么天国里的东西，因为你决得不到它，正像我也决不会从你身上得到它一样。我压根儿就不那样指望。"

"那你指望我会怎么样呢？"

"在一个短时间里你也许会像你现在这样，一个很短的时间，然后你就会冷漠下来，接着会喜怒无常，再接着又会严厉无情，那时我就要煞费苦心才能讨你欢喜。不过等你真正跟我待惯了，你说不定又会重新喜欢我的——我是说，喜欢我，而不是爱我。我看你的爱情再过六个月，或者还不到，就会化为泡影。我在男人们写的书里看到，一个丈夫的热爱最长就能维持这样一段时间。不过话虽如此，我希望作为一个朋友和伴侣，永远不会变得叫我亲爱的主人十分讨厌。"

"讨厌！重新喜欢你！我想我倒真会一再重新喜欢你的，而且我会叫你承认我不光是喜欢，而是爱着你——真诚、热烈、永不变心地爱着你。"

"你不会反复无常吗，先生？"

"对那些只凭容貌取悦于我的女人，一旦我发现她们既无灵魂又没心肝，看到她们露出了平庸、浅薄，也许还加上愚钝、粗俗和性情暴躁的苗头的时候，我倒真会是个十足的魔鬼的。可是对于清澈的目光、流利的口齿，对于那种热情如火的心灵，既多情又稳重，既温顺又坚定的宁折不弯的性格，我却永远是温柔而忠实的。"

"你遇到过这样的性格吗，先生？你爱过这样一个人吗？"

"我现在就在爱着。"

"可是在我以前呢？当然，假如我在哪一方面确实够得上你那难以达到的标准的话。"

"我从没遇见过能跟你相比的人，简。你叫我高兴，又让我为你倾倒，你看上去顺从，我喜欢你给人的柔顺感。每当我把那柔软的一束丝线绕到我的手指上时，它就引起一阵快感，从手臂一直传到了我心里。我受到了感染，我被完全征服。而这种感染我觉得说不出的甜蜜，我所遭受的这种征服比我赢得的任何胜利都更为迷人。你干吗微笑，简？你脸上那副神秘莫测的样子是什么意思？"

"我是在想，先生（请你原谅我这种想法，这是不由自主的），我是在想赫克里斯、参孙和迷住他们的美女①……"

"你想起了这个，你这小妖精……"

"嘘，先生！你现在讲这话可并不比那两位先生的所作所为更聪明。不过，当初他们如果结了婚，他们也肯定会求婚时百依百顺，一当了丈夫就反过来变得恶狠狠。我怕你也会一样。我不知道一年以后，要是我向你求一件你不方便或者不高兴替我做的事，你会怎样回答我。"

"现在就求我做点什么吧，简妮特，哪怕是最琐屑的小事。我渴望听到你求我……"

"真的，我会求的，先生，我现在就有个请求。"

"说吧！不过你要是用那样的神气抬起头来含笑仰望着，那我就会还没弄清你到底要什么就发誓一定给你了。那样我就可能会上了你的当。"

"没那回事，先生，我只不过是要你别叫人送珠宝来，别给我戴上玫瑰花，要是那样你还不如给你那块平平常常的手绢上镶上一条金边更好些。"

"我还不如去'给纯金镀金'更好些。这我知道。那么说，我就同意你的请求，暂时先这样吧。我撤销我已经给银行代理人发出的指令。可是你还没要求过什么呢，你只是请求取消一个礼物。再试试吧。"

---

① 赫克里斯（Hercules）是希腊神话中的大力士，因爱上了吕底亚女王翁斐尔，情愿跟她的女侍在一起为她纺了三年羊毛。参孙（Samson）是《圣经》中的大力士，被情人大利拉哄骗剪去了头发，因而失掉了神力。

"那好,先生,请满足我在某件事上大大激发起来的好奇心。"

他显得不安起来。"什么?什么?"他连忙说,"好奇心可是个危险的请求理由,幸亏我方才没发誓答应每一个要求……"

"可是答应这一个并没有什么危险啊,先生。"

"说出来吧,简,不过但愿它并不是无聊的打听——也许是打听什么秘密吧,而宁可是要我的一半田产。"

(吴钧燮　译)

选自人民文学出版社《简·爱》

我们翻开《简·爱》……作者牵着我们的手,迫使我们沿着她走过的路,使我们见她之所见,她片刻也不离开我们,也不允许我们忘掉她的存在。最后,我们被夏洛蒂·勃朗特的天赋、激情和愤慨浸得满满的……是她心里的那红红的、一阵阵闪亮的火焰点亮了她的书页。

——英国作家　弗吉尼亚·吴尔夫

WANG

JIAN

王坚 朗读者

生活在城市里的人，有一些共同的愿望：道路能不能更畅通一些？红灯的时间能不能更短一些？排队的人能不能更少一些？王坚就在着手解决这样的问题，他要创建一个"城市大脑"，以更合理、更高效地规划城市资源，让未来城市生活的意义大于生存的意义。

王坚是阿里云的创始人，也被人们称为"近十年来中国最好的首席技术官"。他于2008年9月加盟阿里巴巴集团担任首席架构师一职，帮助阿里巴巴建立世界级的技术团队，并负责技术架构以及基础技术平台建设。在这之前，他的履历已十分耀眼了。他曾发表硕士论文《人机交互和多通道用户界面》，这是中国第一部研究人机交互的论文。博士毕业后，王坚留校任教，成为大学教授。一年后就当上了博士生导师。再过一年，又被晋升为系主任。1999年，他离开学校进入微软亚洲研究院，帮助微软开发了许多新技术。外界甚至一度流传，在微软如果有人和比尔·盖茨讨论数据方面的技术问题，比尔·盖茨会让他去找王坚。

加入阿里巴巴后，王坚一手缔造了阿里云。然而阿里云耗费巨资却迟迟做不出成绩，质疑声铺天盖地。这件事太难了，逼走了一大批优秀的工程师，但王坚不为所动，始终按照自己的步伐前行。直到2013年，阿里云终于做出了一点成绩。这一年，阿里云收购了万网，为用户提供了完整的云服务。如今，人们已渐渐明白云计算的重大意义，阿里云渗透进我们日常生活的一点一滴，改变着我们的世界。

朗读者 ✤ 访谈

董　卿：“城市大脑"到底要怎么样改造城市？
王　坚：城市的挑战归结到最最原点是资源的挑战。"城市大脑"的本质就是把今天所有不合理的资源使用得更合理：省下我们不该浪费的水，不该浪费的土地，这样的话，生活就更美好了。
董　卿：听上去很美。（笑）举个例子来讲，如果有了"城市大脑"，我们怎么样通过它让交通更畅通？
王　坚：到高峰堵车的时候，很多人骂交警，你看，你一管就乱了，对不对？实际上这说明红绿灯没管好。
董　卿：所以你的"大脑"要去管红绿灯？
王　坚：因为科技的发展，我们每个城市都有交通摄像头，过去的摄像头只是拿来罚款，它只是照到了，但是真正要看到还是靠"大脑"。有了"城市大脑"以后，它就知道这辆车在什么地方，走得多快，在什么地方拐过弯，后面还会有多少车来……它就可以合理调配红绿灯的时间了。我们在杭州做了一个非常有意思的事情，就是当特种车辆出来的时候，它们就跟这个"大脑"接在一起了。
董　卿：这个很棒！因为特种车包含了救护车、救火车……
王　坚：警车。
董　卿：还有抢险车，所有的这些。
王　坚：之后你到大街上，看上去还是正常的红绿灯，但是已经被调整过了。最后的结果是什么？这些特种车辆到达现场的时间被缩短了百分之五十。（全场惊叹）这省下的就是救命的

时间。(掌声)

董　卿：听说你去微软是得到了比尔·盖茨的赏识？

王　坚：我觉得我可能比别人有运气的一点是，当苹果公司都还是要破产的时候，我们就在讨论大数据的概念了。

董　卿：这可能也是后来为什么阿里巴巴集团也找到你，愿意一年投十个亿，连着投十年，请你去做这个项目。他们要请你干吗？

王　坚：我2008年加入的前后，阿里巴巴集团的大部分技术是依赖雅虎的。马云知道技术的重要性，他深切地感受到没有技术是会要命的。2008年阿里迎来了一个历史的转折点，用今天的话来讲就是，从此走上了自己有核心技术的发展道路。

董　卿：所以你提出的自主技术是一个什么样的技术？

王　坚：我们要做"云计算"。

董　卿：什么是"云计算"？

王　坚：计算就像你打一口井。要支撑一个城市，井里的水是肯定不够用的。这个时候，自来水管是什么？就是互联网了。把互联网后面接着的计算能力为你所用，其实就是"云计算"。

董　卿：很好的概念，但做成这样一个计算系统是一个非常艰苦和漫长的过程。

王　坚：非常复杂。我打个不恰当的比喻，最早的自来水就是你拿毛竹劈成一半把山泉引下来，它的技术是很low（低端）的，对不对？但是你要从一个自来水厂通过管子、压力，可以把水压到五十层的楼，那就是技术了。这不是一个简单的事情。

董　卿：从这个思想有雏形一直到最后它成熟一共花了多长时间？

王　坚：差不多五年。

董　卿：头两年谁也不知道它将来会是怎样，所以有一段时间你被人们称为"忽悠了马云的一个骗子"。

王　坚：对。（笑）可能除了马云以外，都觉得我是骗子。可能马云也在想我是不是骗子，对吧。（全场笑）那两年是很痛苦的，因为你的每个环节都是没有道理的。就像第一天你说，我不要井了，我要自来水厂；可是水厂建完，水到不了你家里，管子没有铺好，对吧？管子铺好了，水龙头不做好，就都是浪费，对吧？

董　卿：很多人对你有质疑、批评，你听得到这些声音吗？

王　坚：其实我是一个比较容易假装听不到的人。（笑）假装听不到以后，你就真听不到了。

董　卿：你听到过吗？

王　坚：那当然也听到过。大家都觉得不靠谱，我也跟人家吵过架，最后我觉得反正对不对也不重要，这么做就好了。我经常讲，

> 大脑了不起的地方不是记住了什么东西，而是忘掉了什么东西。（掌声）

董　卿：一直到最后，你团队的离职的百分比大概达到多少？

王　坚：百分之七十多甚至八十的人离开了。最近我们还想做一个活动，就是把曾经在那里工作过的、写过代码的人聚一下。

董　卿：那得有多少啊？

王　坚：上千人都是有可能的。这是一个很残酷的事情。对大部分人来讲，香山一定是上得去的；但是珠峰是再怎么准备，也没有人可以说自己一定上得去。我也被马云说过很多次，他说："王坚，我对你的要求就是，不要拍桌子了，知道吧？"但是当你遇到那么大的挑战而你一定要完成它的时候，你的行为不是你平时可以想象的。

董　卿：他们说你脾气很坏。

王　坚：对，坏，可能咆哮都不见得是很准确的描述。

董　卿：其实每一个登珠峰的人都是做好了一定的思想准备的。

王　坚：对，某种意义上你也在丢命——如果这件事情做了却做不成，你就少了十年的命。所以对我来讲，所有人都离开阿里云了，但只要有一个人在，这件事情就可以继续下去。

董　卿：但是你也难免有脆弱的时候，对不对？

王　坚：对。

> （屏幕播放 2012 年阿里年会视频片段，王坚哭着说："今天刚走进来的时候，今天下午来会场的时候，见到了几个曾经在阿里云工作过，但今天不在阿里云的同学……"）
>
> 那天有很多离职的员工来参加我们的晚会。大家说，阿里云是阿里巴巴集团最有理想主义色彩的公司。这让我非常

感动。我们手下的工程师拿命来填，其实我们的客户也是拿命来填。就像第一天用电的人也是拿命来填的，因为电会电死人，第一天坐飞机的人也是拿命来换的，所以我觉得任何事情都是这样。

董　卿：一直到什么时候你才觉得在公司里可以扬眉吐气了？

王　坚：2013 年吧，那年的事是个生死战，我们当时要完成这件事情，一定需要五千台机器同时来运行，五千台机器要像一台机器一样，这在技术上有巨大的挑战。

董　卿：这也是"云计算"的一部分？

王　坚：这是中国的公司第一次做到的事情，之前没有人做过。我们得了中国电子学会的特等奖，我觉得还是蛮骄傲的。（掌声）

董　卿：这个奖项也是实至名归，因为像"城市大脑"、通过铁道部火车票订票官网 12306 去买票、微博的红包业务等都是建立在阿里云的基础上的。

王　坚：没错，今天没有阿里云，连新华社的很多新闻都看不到，所以我想我们的创新，对整个社会的发展和老百姓的获得感有直接的意义。

董　卿：今天要为大家读些什么呢？

王　坚：《进入空气稀薄地带》。我觉得这篇东西简直就是为我的这些感触而专门写的。我想把它献给所有的年轻人。

董　卿：克拉考尔也是因为攀登珠峰的经历写下这本书。在经历了千辛万苦，甚至是生死的磨难之后，登上珠峰，他只说了一句话："没有更高的去处了。"

王　坚：其实我们征服了我们原来认为的自己。

● 导演手记

王坚：
有意思的博士

导演　刘翔宇

在阿里巴巴的内部论坛里，王坚博士名下被阿里人贴上了各式各样的标签：了不起、笑容很温暖、腼腆大叔、有远见、心里幸存了个纯真的孩子、梦想大叔……其中点赞数量最多的是他的一条口头禅：你知道我的意思吧？看到这儿，王博士爱说话到甚至有些话痨且渴望被倾听、被接受的形象就在我心中建立起来了，我想，他应该是个敏感细腻的人吧，可我还没见到他，就先领教了他"疯子"的那一面。

1. 咆哮的"疯子"

在杭州云栖小镇硕大的博悟馆内，你几乎碰不到一个人，只有会议间玻璃门不时渗出来的咆哮声提醒你，这不是阿里巴巴的无人区，是王坚博士团队的办公区。"所有人都害怕和他开会，因为他会让一个会丧失所有会的属性。"我脑中一遍遍复习先前查到的资料，脑海里满是问号，忐忑地等待着接下来的采访。

见到了王博士，我问出了当时我最迫切想知道的事："您会因为什么事在会议上忍不住拍桌子？据说您还随手扔过离您最近的手机？"他告诉我："一般因为两件事情，一个就是刚才那种，你觉得有的事怎么就是讲不清楚呢，你知道我的意思吧？还有一个是，真正开始做事情的时候，实际上有一个定时炸弹在那里。你可以想想看，当你的工作中天天有颗定时炸弹挂在你身上，而且倒计时只剩下两秒的时候，你能怎么办？没有办法（不拍桌子）对吧？"看着眼前挂着温暖笑容的王博士，我真的无法将他跟刚才的咆哮声联系起来。据说连马云都多次提醒他，对他只有一个要求——能不能不要拍桌子。

王坚博士身上有一个重要的故事点，就是在几乎不被任何人看好、承受巨大压力的情况下做成了阿里云；但同时，他自己也成了同事眼中吞噬一切的"黑洞"：他的团队成员来了又走，坚持到最后的人寥寥无几——有因为看不到希望的，有和他理念不合的，有禁不住他咆哮的……王博士说，他只能向前看，没有去劝、去说服那些要走的人留下。"您不会觉得难受寂寞吗？""会，但你要耐心在黑暗中探索，也要相信，与你志同道合的人最终一定会和你走到一起，那也会是你最幸福的时候。"

2. 纯真的孩子

《朗读者》的录制有一项重要工作是与嘉宾沟通朗读文本。当我问王博士他的日常读本时，他羞涩地一笑，回答道："我平常读的书可能都不适合你们的节目啊。"紧接着，他就报出了一大串让人记不住书名的日常读物——整整一本都在写猫科动物肉垫的专业书、旅行世界各国收集来的地图史、波音747的传记……这真是我听过最有意思的书单了！博士还说，阅读这些书的经历是他开发阿里云和"城市大脑"重要的灵感源泉。

尽兴的采访结束了，王博士被他的助理拉去下一间会议室。当我收拾好材料准备离开博悟馆时，只见他抱着一本大约三十厘米厚、十多公斤重的巨书冲了回来，"砰"的一声把它砸在办公桌上，迫不及待地摊开，对我说："你看，这就是我说的那本地图史的书，你看看！古代的欧洲地图是这样的，那时的城市是这样的……"向我们滔滔不绝讲述爱书的王坚博士像极了一个向伙伴展示自己爱不释手的宝物的孩子，在被急着拉他开会的助手拖走时，博士还备感可惜地笑着解释着："这书太重了，下次不方便带过来给你们讲了……"我真是觉得又好笑又钦佩。

3. 有意思的博士

录制节目当天，王博士把他的助理留在杭州组织另一场活动，而这位阿里巴巴技术委员会主席自己背着双肩包，拎着衬衫，踩着一双运动鞋，出现在了摄影棚门口。在他一路经过候场的几百位现场观众的过程中，没有人意识到这位标准工程师打扮的老男孩就是接下来让他们笑声和掌声不断的《朗读者》嘉宾。当天的录制时长一延再延，最终导致博士错过了预订的航班，使他不得不重新规划之后的行程。这个时候，博士给予了我们充分的理解和支持，他说："既然开始录了，我们就一起将节目做到最好。"

王坚博士的读本是乔恩·克拉考尔的《进入空气稀薄地带》。八年前我制作一档关于"世界读书日"的节目时，曹禺先生的女儿万方老师将这本书推荐给了观众。此后，这本书就一直放在我的书柜里。我要感谢王坚博士，因为正如王博士在节目现场说的："这篇东西简直就是为我的这些感触而专门写的。"我相信，这本书终于等到了一个最合适的人将它朗读出来：

"探险充满了神奇吸引力，它所蕴含的那种坚忍不拔和无拘无束的随性生活理念，是对我们文化中固有的追求舒适与安逸的生活态度的一味'解药'。它标志着一种年少轻狂式的拒绝……拒绝怨天尤人、拒绝意志薄弱、拒绝复杂的人际关系、拒绝所有的弱点、拒绝缓慢而乏味的生活。"

愿所有人都永存这份"年少轻狂式的拒绝"，敢于做了不起的"追梦疯子"。

进入空气稀薄地带（节选）

[美] 乔恩·克拉考尔

第六章
珠峰大本营　1996年4月12日　海拔5360米

　　情况越看似不可能，对登山者的要求越高，当所有压力释放之后，血液的流动便越加畅快淋漓。那些可能的危险不过是磨炼人的感知力和控制力。也许这就是所有高危险运动存在的根本原因吧：你刻意提高努力的难度，并全神贯注于其中，这样仿佛就能驱赶心中烦人的琐事。这是生活的一个缩影，所不同的是：日常生活中所犯的错误，还有机会改正、弥补，但在山上，在那特定的时间里，你的一举一动将攸关生死。

　　　　　　　　　　　　——阿尔瓦雷斯（A. Alvarez）
　　　　　　　　摘自《野蛮的上帝：自杀的人文研究》
　　　　　　　　(The Savage God: A Study of Suicide)

第七章
1号营地　1996年4月13日　海拔5940米

　　有一种人，越是做不到的对他们就越有吸引力。通常这种人不是专家：他们的雄心壮志和幻想力强到足以扫除那些谨慎人士的疑虑。决心和信念是他们最强大的武器。说得客气点，这种人叫怪人，说得不好听，那就是疯子……

珠峰吸引着属于它的这种人。他们不是那种一点登山经验都没有的人——当然，他们当中没有一个人的经验可以使攀登珠峰成为一种合情合理的目标。这种人有三个共同特征：自信、坚决和耐力。

——沃尔特·昂斯沃思 (Walt Unsworth)

摘自《珠穆朗玛峰》(*Everest*)

从小我就有远大的抱负和坚定的决心。如果没有它们，或许现在我会过得更快乐一些。我想得很多，并且总会像梦想家一样冒出些"遥不可及"的想法。远方的山峰总是使我着迷，让我对它们魂牵梦绕。我不敢保证锲而不舍就能够实现目标，但我心志高远，每次受挫只会让我更加坚决，一定要实现自己的梦想，至少是诸多梦想中的一个。

——厄尔·登曼 (Earl Denman)

摘自《独上珠峰》(*Alone to Everest*)

第十一章

珠峰大本营　1996 年 5 月 6 日　海拔 5360 米

登山的魅力就在于它使人际关系变得更加单纯，个人交情被淡化而沟通协作得以增强（就如同战争），其他因素（山脉、挑战）则取代人际关系本身。探险充满了神奇吸引力，它所蕴含的那种坚忍不拔和无拘无束的随性生活理念，是对我们文化中固有的追求舒适与安逸的生活态度的一味"解药"。它标志着一种年少轻狂式的拒绝……拒绝怨天尤人、拒绝意志薄弱、拒绝复杂的人际关系、拒绝所有的弱点、拒绝缓慢而乏味的生活。

一流的登山者……会被深深打动，甚至会流下热泪，但只为那些曾经志同道合如今死得其所的山友。阅读布尔、约翰·哈林、博纳蒂、博宁顿以及哈斯顿等人的作品，会体味到一种令人惊奇的相似基调：某种冷漠，驾驭一切的冷漠。也许这正是极限攀登的意义所在：用哈斯顿的话说，就是当你到达某一高度时，"如果困难出现，就要战斗到底。如果你训练有素，你会生还；若非如此，大自然将把你收为己有"。

——戴维·罗伯茨（David Roberts）
摘自《犹豫的时刻》（Moments of Doubt）

当黑暗笼罩营地之际，向导发给每个人氧气瓶、流量调节阀和面罩：在接下来的攀登过程中，我们将呼吸这种压缩气体。

自1921年英国人首次携带氧气装备前往珠峰起，依靠氧气瓶攀登的做法就引起了激烈的争论（不轻易相信任何事物的夏尔巴人把这种笨重的氧气瓶戏称为"英国空气"）。最初，对瓶装氧气最激烈的批评者是乔治·马洛里，他认为使用氧气瓶"违反体育精神，因此也违背英国精神"。但此后不久事实就证明，在海拔7620米以上的"死亡地带"，没有氧气的支持，人体极易受到高山肺水肿、高山脑水肿、体温降低、冻伤以及其他一系列致命危险的袭击。当马洛里在1924年第三次前往珠峰时，他开始相信没有氧气的支持是无法到达山顶的。他放弃了原来的主张，并开始使用氧气。

减压舱里的试验证明，将人体从海平面猛然拉至氧气含量只有三分之一的珠峰峰顶，人体会在几分钟内失去知觉并很快死亡。但一些富有理想主义精神的登山者却坚持认为，具有卓越身体素质的天才运动员在经历了一段较长时间的环境适应期后，可以在不使用氧气瓶的情况下登上山顶。纯粹主义者则将这一观点上升至逻辑的极限高度，他们认为使用氧气无异于欺骗。

早在二十世纪七十年代，著名的提洛尔人登山家莱因霍尔德·梅斯纳尔作为无氧攀登的倡导者宣称，他将用"无欺骗手段"来攀登珠峰，否则，就根本不会进行攀登。其后不久，他和老搭档奥地利人彼得·哈伯勒以对诺言的兑现震惊了世界登山界：1978年5月8日下午1点，他们经南坳和东南山脊路线，在不借助任何氧气装备的情况下登上了珠峰。这一事件被一些登山者认为是第一次真正意义上的征服珠峰。

然而梅斯纳尔和哈伯勒的历史伟绩并未赢得各界人士的赞美之声，特别是夏尔巴人的首肯。大多数夏尔巴人拒绝相信西方人能胜任如此壮举，因为这对于最强壮的夏尔巴人来说都是难以企及的。很多人怀疑，梅斯纳尔和哈伯勒借助了藏于衣服内的小型氧气瓶。丹增诺盖和其他一些著名的夏尔巴人还签署了一份请愿书，要求尼泊尔政府对那次攀登的真伪进行官方调查。

但事实证明，无氧攀登是不可反驳的事实。两年后，梅斯纳尔堵住了所有怀疑者的嘴。这一次他单人无氧从中国西藏一侧登上珠峰，整个过程没有借助夏尔巴人或其他任何人的帮助。当他在浓云和飞雪中于1980年8月20日下午3点到达山顶时[①]，梅斯纳尔说："我一

---

① 梅斯纳尔是从北坳横切到北壁路线登顶的，这也是人类历史上第一个单人无氧登顶珠峰。

直处于极度痛苦中；在我一生中从未有过如此的疲惫。"在记录那次攀登的书《透明的地平线》(The Crystal Horizon)中，他描述了在挣扎着爬完最后几米并最终登顶的情景：

当我休息时，除了呼吸让喉咙感到烧灼外，我感觉不到生命的存在……我几乎走不动了。没有绝望，没有幸福，没有焦虑。我还没有失去对感情的控制，事实上已不再有感情了。我拥有的就只剩下意志。而每挪动几米，意志便在无止境的疲惫中消逝殆尽。然后我的思维一片空白。我让自己倒下，躺在那里。我犹豫不决，不知过了多长时间，然后再向前挪动几步。

当梅斯纳尔回到文明社会以后，他的登顶被认为是有史以来最伟大的攀登壮举。

（张洪楣　译）
选自浙江人民出版社《进入空气稀薄地带》

珠峰实现了无数人的梦想，也埋葬了无数人的生命。对于曾经成功登上珠峰的人来说，这本书中惊心动魄、生死离别的情节和场面一点都没有夸张的成分。《进入空气稀薄地带》对任何一位喜爱户外登山运动的人来说都是一本经典读物，登山之前读过这本书也许能挽救您的一条命，它会让您懂得如何来面对突如其来的危险，认识到人在大山面前是渺小的，生命在大山中是脆弱的，认识到探险不等于冒险。

——探险家　金飞豹

  刚开始登山的时候，我常常在踏上旅程之前温习这本书，警诫自己，无论前面的路看起来多么容易，都不可放松警惕；无论自己多么渴望登顶，也一定要记住，比登顶更重要的是安全下山。《进入空气稀薄地带》是每个热衷登山的人必读的书。对于登山者，比身体素质、攀登技术更重要的是心理素质。不论你的角色是专业向导、领队、经验丰富的登山高手，还是初入门的新手，都能从这本书中学到应当以怎样的态度对待登山。

——第一位征服"7+2"的华人女性　王雷

L I U

LIANG

CHENG

朗读者

刘亮程

他自称"老农民",却被人们称为"乡村哲学家",还曾获得鲁迅文学奖散文杂文奖。他的写作超越了民族、宗教和地域,总有无限诗意、奇思妙想,他就是作家刘亮程。

二十世纪六十年代初,迫于生计,刘亮程的父母从甘肃一路向西,逃荒到了新疆,在北疆古尔班通古特沙漠边上的一个小村庄落脚。他在那里出生、长大。他种过地,当过农机管理员。劳动之余写作,几乎所有的文字都在写自己生活多年的小村庄——黄沙梁。1998年,他的《一个人的村庄》引起巨大反响。在这个天山北部沙漠边缘的小村里,"房子被风吹旧,太阳将人晒老,所有树木都按自然的意志生叶展枝"。他把自己看作实实在在的农民的一分子,记载活生生的村庄历史。因为这部作品,刘亮程一鸣惊人,一跃成为国内文坛最令人瞩目的作家之一。

他曾离开农村来到城市,没想到当一切安定下来的时候,他又选择回到农村生活。就像他在文章中写过的一样,"就找一个村庄,悄悄做一个当地人"。几年前,他离开乌鲁木齐,来到一个叫菜籽沟的地方建了一个书院。他认为,与社会建立一种微妙的联系是中国传统文人的另一条出路。他称自己是一个"扛着铁锹抬头看天的人",开辟疆土,用另一种形式安置人生,这才是他的理想生活。

朗读者 ❋ 访谈

董　卿：您几乎所有的文字都在描写乡村，乡村是不是在您的生命当中留下了无法磨灭的烙印？

刘亮程：我出生的村庄叫老皇渠村，我记忆最深的是，整个村庄周围除了沙漠戈壁就是荒滩，荒野中有各种各样的野生动物。所以后来我回想童年的时候，感觉自己是在野生动物中长大的。（全场笑）

董　卿：那也是父母当年辗转一千多公里到的地方，从甘肃的城里逃荒到了新疆的村里。

刘亮程：父亲在甘肃酒泉的金塔县城关小学当副校长，母亲在那儿任教。1960年，我的老家遭受饥荒。到冬天，那个区域的所有树皮都被人扒光了，煮了吃了。这种情况下就是逃荒。

董　卿：您《一个人的村庄》里有篇文章，题目就叫《老皇渠村的地窝子》，那是您小时候住的地方。

刘亮程：一户逃荒的饥民到一个村庄去，什么材料都没有，所以我父亲就在路边选了一个地方，朝下挖一个深坑。应该有地下两米深，没有窗户。从八岁到十二岁，我的整个童年都是在那个洞里度过的，全家六口人挤在一个炕上。那些夜晚，夜深人静的时候，你听到的是村庄上面的声音：一个牲口过来的声音，或者人的走路声，有时候一条狗突然从房顶蹿过去，惊天动地。

董　卿：您八岁的时候，父亲去世，就留下了妈妈、奶奶，家里是两位女性带着这么多孩子。

刘亮程：父亲不在了，我们经常会受人欺负。那时候就想着赶快长大，打架能够打过别人。（笑）最大的困难，比如整个夏天烧火做饭的柴火和冬天取暖过冬的柴火都需要我们去捡、去拉。拉柴火的路非常远，晚上十二点就要起程，在厚雪中一步一步往前挪。从黑暗中穿过村庄，穿过荒野，把天走亮，就到了有柴火的地方。

董　卿：我们看到您写了一切在农村里边可以看到的东西，写得特别细腻、真实、生动。可是不知道为什么，我经常会看得有点难过。我在想，那些贫困，那些恐惧，那些孤独，那些苦难都去哪儿了？

刘亮程：被消化了。当我回头，重新在回忆中看那个八岁的我的时候，我看懂了他的眼神，看懂了他的眼睛中除了有丧失父亲的悲哀和绝望，还有那么明亮的、充满向往和憧憬的眼光。我觉

得我应该写那个眼光,把那个寒冷冬天的温暖重新找到,这也是我自己需要的。(掌声)

董　卿：您是从什么时候开始对城市有了一些概念的?

刘亮程：我通过考学,通过出外打工,一点一点从那个村庄走到城市了,我当时就想,我父亲跑得太远了。我记得学校有一个二层楼,我非常兴奋,爬到二层楼,然后从窗户朝远处看,这是我对城市的第一印象。那个时候村里面假如谁家有个人在城市工作,吃着商品粮,拿着工资,这一户人家就会不一样。

董　卿：您在上了中专学校之后,有没有一种愿望是将来就要留在城里生活?

刘亮程：我考的是一个农业机械化学校。(笑)城市里怎么会有我的位置?结果就是我被分在了一个乡里面。最先鼓动我出去的是我爱人,她在县银行工作,我在乡农机站,我是高攀她了。(全场笑)我夫人说,你要再不出去,等你四五十岁的时候,你就老死在这个地方了。我就这样去了乌鲁木齐。

董　卿：三十岁才进到城市,您觉得晚吗?

刘亮程：我觉得不晚。城市聚集了那么多有思想的人,有才能的人,这些人是你在乡村里碰不到的,你在乡下碰到最多的都是酒友。

董　卿：有什么是您需要去改变、去适应城市生活的吗?

刘亮程：我开始学说普通话,用普通话跟城市人交流。一个人把乡音忘掉去说另外一种语言的过程是很漫长的。我在城市这么多年了,做梦梦见的全是早年的乡村生活。我也一直在想,城市是一个什么地方?它给了我写出这样一本书的时间,给了我那么多物质上的享受,给了我那么多难忘的白天和夜晚,但是我从来都没梦到城市的什么地方，每年过年都要回乡下。有时候觉得自己还真是对不起城市。你在此生活、在此获得，你永远把日子、把挣钱的欲望留给城市，把每年最隆重的节日留给你的老家。所以城市对于我们这些半路去城市的人来说，它注定是一个半路上的家园。

董　卿：您的意思是，城市容纳您的身体，却要到乡村去寻找您的灵魂。

刘亮程：乡愁谁在愁？乡愁是城市人的：你住在城市，家乡已远，青春远去。内心中的乡永远是一个隐隐约约的、有如天边云朵一样的一个存在，我们就是怀着这样的一个内心的乡在城市生活。

董　卿：乡村可能会消失，但乡愁不会，它也是城市的一种底色。您来到我们节目中，想为大家读一段什么呢？

刘亮程：读鲁迅先生的《故乡》吧，献给我的母亲。她在哪儿，我的家就在哪儿，我的故乡也在哪儿。

故 乡

鲁 迅

我冒了严寒,回到相隔二千余里,别了二十余年的故乡去。

时候既然是深冬;渐近故乡时,天气又阴晦了,冷风吹进船舱中,呜呜的响,从篷隙向外一望,苍黄的天底下,远近横着几个萧索的荒村,没有一些活气。我的心禁不住悲凉起来了。

阿!这不是我二十年来时时记得的故乡?

我所记得的故乡全不如此。我的故乡好得多了。但要我记起他的美丽,说出他的佳处来,却又没有影像,没有言辞了。仿佛也就如此。于是我自己解释说:故乡本也如此,——虽然没有进步,也未必有如我所感的悲凉,这只是我自己心情的改变罢了,因为我这次回乡,本没有什么好心绪。

我这次是专为了别他而来的。我们多年聚族而居的老屋,已经公同卖给别姓了,交屋的期限,只在本年,所以必须赶在正月初一以前,永别了熟识的老屋,而且远离了熟识的故乡,搬家到我在谋食的异地去。

第二日清早晨我到了我家的门口了。瓦楞上许多枯草的断茎当风抖着,正在说明这老屋难免易主的原因。几房的本家大约已经搬走了,所以很寂静。我到了自家的房外,我的母亲早已迎着出来了,接着便飞出了八岁的侄儿宏儿。

我的母亲很高兴,但也藏着许多凄凉的神情,教我坐下,歇息,喝茶,且不谈搬家的事。宏儿没有见过我,远远的对面站着只是看。

但我们终于谈到搬家的事。我说外间的寓所已经租定了,又买了几件家具,此外须将家里所有的木器卖去,再去增添。母亲也说好,而且行李也略已齐集,木器不便搬运的,也小半卖去了,只是收不起钱来。

"你休息一两天,去拜望亲戚本家一回,我们便可以走了。"母亲说。

"是的。"

"还有闰土,他每到我家来时,总问起你,很想见你一回面。我已经将你到家的大约日期通知他,他也许就要来了。"

这时候,我的脑里忽然闪出一幅神异的图画来:深蓝的天空中挂着一轮金黄的圆月,下面是海边的沙地,都种着一望无际的碧绿的西瓜,其间有一个十一二岁的少年,项带银圈,手捏一柄钢叉,向一匹猹尽力的刺去,那猹却将身一扭,反从他的胯下逃走了。

这少年便是闰土。我认识他时,也不过十多岁,离现在将有三十年了;那时我的父亲还在世,家景也好,我正是一个少爷。那一年,我家是一件大祭祀的值年。这祭祀,说是三十多年才能轮到一回,所以很郑重;正月里供祖像,供品很多,祭器很讲究,拜的人也很多,祭器也很要防偷去。我家只有一个忙月(我们这里给人做工的分三种:整年给一定人家做工的叫长年;按日给人做工的叫短工;自己也种地,只在过年过节以及收租时候来给一定的人家做工的称忙月),忙不过来,他便对父亲说,可以叫他的儿子闰土来管祭器的。

我的父亲允许了;我也很高兴,因为我早听到闰土这名字,而且知道他和我仿佛年纪,闰月生的,五行缺土,所以他的父亲叫他闰土。他是能装弶捉小鸟雀的。

我于是日日盼望新年,新年到,闰土也就到了。好容易到了年末,有一日，母亲告诉我，闰土来了，我便飞跑的去看。他正在厨房里，紫色的圆脸，头戴一顶小毡帽，颈上套一个明晃晃的银项圈，这可见他的父亲十分爱他，怕他死去，所以在神佛面前许下心愿，用圈子将他套住了。他见人很怕羞，只是不怕我，没有旁人的时候，便和我说话，于是不到半日，我们便熟识了。

我们那时候不知道谈些什么，只记得闰土很高兴，说是上城之后，见了许多没有见过的东西。

第二日，我便要他捕鸟。他说：

"这不能。须大雪下了才好。我们沙地上，下了雪，我扫出一块空地来，用短棒支起一个大竹匾，撒下秕谷，看鸟雀来吃时，我远远地将缚在棒上的绳子只一拉，那鸟雀就罩在竹匾下了。什么都有：稻鸡，角鸡，鹁鸪，蓝背……"

我于是又很盼望下雪。

闰土又对我说：

"现在太冷，你夏天到我们这里来。我们日里到海边检贝壳去，红的绿的都有，鬼见怕也有，观音手也有。晚上我和爹管西瓜去，你也去。"

"管贼么？"

"不是。走路的人口渴了摘一个瓜吃，我们这里是不算偷的。要管的是獾猪，刺猬，猹。月亮地下，你听，啦啦的响了，猹在咬瓜了。你便捏了胡叉，轻轻地走去……"

我那时并不知道这所谓猹的是怎么一件东西——便是现在也没有知道——只是无端的觉得状如小狗而很凶猛。

"他不咬人么？"

"有胡叉呢。走到了，看见猹了，你便刺。这畜生很伶俐，倒向你奔来,反从胯下窜了。他的皮毛是油一般的滑……"

我素不知道天下有这许多新鲜事:海边有如许五色的贝壳;西瓜有这样危险的经历,我先前单知道他在水果店里出卖罢了。

"我们沙地里,潮汛要来的时候,就有许多跳鱼儿只是跳,都有青蛙似的两个脚……"

阿!闰土的心里有无穷无尽的希奇的事,都是我往常的朋友所不知道的。他们不知道一些事,闰土在海边时,他们都和我一样只看见院子里高墙上的四角的天空。

可惜正月过去了,闰土须回家里去,我急得大哭,他也躲到厨房里,哭着不肯出门,但终于被他父亲带走了。他后来还托他的父亲带给我一包贝壳和几支很好看的鸟毛,我也曾送他一两次东西,但从此没有再见面。

现在我的母亲提起了他,我这儿时的记忆,忽而全都闪电似的苏生过来,似乎看到了我的美丽的故乡了。我应声说:

"这好极!他,——怎样?……"

"他?……他景况也很不如意……"母亲说着,便向房外看,"这些人又来了。说是买木器,顺手也就随便拿走的,我得去看看。"

母亲站起身,出去了。门外有几个女人的声音。我便招宏儿走近面前,和他闲话:问他可会写字,可愿意出门。

"我们坐火车去么?"

"我们坐火车去。"

"船呢?"

"先坐船,……"

"哈!这模样了!胡子这么长了!"一种尖利的怪声突然大叫起来。

我吃了一吓,赶忙抬起头,却见一个凸颧骨,薄嘴唇,五十岁上下的女人站在我面前，两手搭在髀间，没有系裙，张着两脚，正像一个画图仪器里细脚伶仃的圆规。

我愕然了。

"不认识了么？我还抱过你咧！"

我愈加愕然了。幸而我的母亲也就进来，从旁说：

"他多年出门，统忘却了。你该记得罢，"便向着我说，"这是斜对门的杨二嫂，……开豆腐店的。"

哦，我记得了。我孩子时候，在斜对门的豆腐店里确乎终日坐着一个杨二嫂，人都叫伊"豆腐西施"。但是擦着白粉，颧骨没有这么高，嘴唇也没有这么薄，而且终日坐着，我也从没有见过这圆规式的姿势。那时人说：因为伊，这豆腐店的买卖非常好。但这大约因为年龄的关系，我却并未蒙着一毫感化，所以竟完全忘却了。然而圆规很不平，显出鄙夷的神色，仿佛嗤笑法国人不知道拿破仑，美国人不知道华盛顿似的，冷笑说：

"忘了？这真是贵人眼高……"

"那有这事……我……"我惶恐着，站起来说。

"那么，我对你说。迅哥儿，你阔了，搬动又笨重，你还要什么这些破烂木器，让我拿去罢。我们小户人家，用得着。"

"我并没有阔哩。我须卖了这些，再去……"

"阿呀呀，你放了道台了，还说不阔？你现在有三房姨太太；出门便是八抬的大轿，还说不阔？吓，什么都瞒不过我。"

我知道无话可说了，便闭了口，默默的站着。

"阿呀阿呀，真是愈有钱，便愈是一毫不肯放松，愈是一毫不肯放松，便愈有钱……"圆规一面愤愤的回转身，一面絮絮的说，慢慢向外走，顺便将我母亲的一副手套塞在裤腰里，出去了。

此后又有近处的本家和亲戚来访问我。我一面应酬，偷空便收拾些行李，这样的过了三四天。

一日是天气很冷的午后，我吃过午饭，坐着喝茶，觉得外面有人进来了，便回头去看。我看时，不由的非常出惊，慌忙站起身，迎着走去。

这来的便是闰土。虽然我一见便知道是闰土，但又不是我这记忆上的闰土了。他身材增加了一倍；先前的紫色的圆脸，已经变作灰黄，而且加上了很深的皱纹；眼睛也像他父亲一样，周围都肿得通红，这我知道，在海边种地的人，终日吹着海风，大抵是这样的。他头上是一顶破毡帽，身上只一件极薄的棉衣，浑身瑟索着；手里提着一个纸包和一支长烟管，那手也不是我所记得的红活圆实的手，却又粗又笨而且开裂，像是松树皮了。

我这时很兴奋，但不知道怎么说才好，只是说：

"阿！闰土哥，——你来了？……"

我接着便有许多话，想要连珠一般涌出：角鸡，跳鱼儿，贝壳，猹，……但又总觉得被什么挡着似的，单在脑里面回旋，吐不出口外去。

他站住了，脸上现出欢喜和凄凉的神情；动着嘴唇，却没有作声。他的态度终于恭敬起来了，分明的叫道：

"老爷！……"

我似乎打了一个寒噤；我就知道，我们之间已经隔了一层可悲的厚障壁了。我也说不出话。

他回过头去说："水生，给老爷磕头。"便拖出躲在背后的孩子来，这正是一个廿年前的闰土，只是黄瘦些，颈子上没有银圈罢了。"这是第五个孩子，没有见过世面，躲躲闪闪……"

母亲和宏儿下楼来了，他们大约也听到了声音。

"老太太。信是早收到了。我实在喜欢的了不得,知道老爷回来……"闰土说。

"阿,你怎的这样客气起来。你们先前不是哥弟称呼么？还是照旧:迅哥儿。"母亲高兴的说。

"阿呀,老太太真是……这成什么规矩。那时是孩子,不懂事……"闰土说着,又叫水生上来打拱,那孩子却害羞,紧紧的只贴在他背后。

"他就是水生？第五个？都是生人,怕生也难怪的;还是宏儿和他去走走。"母亲说。

宏儿听得这话,便来招水生,水生却松松爽爽同他一路出去了。母亲叫闰土坐,他迟疑了一回,终于就了坐,将长烟管靠在桌旁,递过纸包来,说:

"冬天没有什么东西了。这一点干青豆倒是自家晒在那里的,请老爷……"

我问问他的景况。他只是摇头。

"非常难。第六个孩子也会帮忙了,却总是吃不够……又不太平……什么地方都要钱,没有定规……收成又坏。种出东西来,挑去卖,总要捐几回钱,折了本;不去卖,又只能烂掉……"

他只是摇头;脸上虽然刻着许多皱纹,却全然不动,仿佛石像一般。他大约只是觉得苦,却又形容不出,沉默了片时,便拿起烟管来默默的吸烟了。

母亲问他,知道他的家里事务忙,明天便得回去;又没有吃过午饭,便叫他自己到厨下炒饭吃去。

他出去了;母亲和我都叹息他的景况:多子,饥荒,苛税,兵,匪,官,绅,都苦得他像一个木偶人了。母亲对我说,凡是不必搬走的东西,尽可以送他,可以听他自己去拣择。

下午，他拣好了几件东西：两条长桌，四个椅子，一副香炉和烛台，一杆抬秤。他又要所有的草灰（我们这里煮饭是烧稻草的，那灰，可以做沙地的肥料），待我们启程的时候，他用船来载去。

夜间，我们又谈些闲天，都是无关紧要的话；第二天早晨，他就领了水生回去了。

又过了九日，是我们启程的日期。闰土早晨便到了，水生没有同来，却只带着一个五岁的女儿管船只。我们终日很忙碌，再没有谈天的工夫。来客也不少，有送行的，有拿东西的，有送行兼拿东西的。待到傍晚我们上船的时候，这老屋里的所有破旧大小粗细东西，已经一扫而空了。

我们的船向前走，两岸的青山在黄昏中，都装成了深黛颜色，连着退向船后梢去。

宏儿和我靠着船窗，同看外面模糊的风景，他忽然问道：

"大伯！我们什么时候回来？"

"回来？你怎么还没有走就想回来了。"

"可是，水生约我到他家玩去咧……"他睁着大的黑眼睛，痴痴的想。

我和母亲也都有些惘然，于是又提起闰土来。母亲说，那豆腐西施的杨二嫂，自从我家收拾行李以来，本是每日必到的，前天伊在灰堆里，掏出十多个碗碟来，议论之后，便定说是闰土埋着的，他可以在运灰的时候，一齐搬回家里去；杨二嫂发现了这件事，自己很以为功，便拿了那狗气杀（这是我们这里养鸡的器具，木盘上面有着栅栏，内盛食料，鸡可以伸进颈子去啄，狗却不能，只能看着气死），飞也似的跑了，亏伊装着这么高底的小脚，竟跑得这样快。

老屋离我愈远了；故乡的山水也都渐渐远离了我，但我却并不感到怎样的留恋。我只觉得我四面有看不见的高墙，将我隔成孤身，使我非常气闷；那西瓜地上的银项圈的小英雄的影像，我本来十分清楚，现在却忽地模糊了，又使我非常的悲哀。

母亲和宏儿都睡着了。

我躺着，听船底潺潺的水声，知道我在走我的路。我想：我竟与闰土隔绝到这地步了，但我们的后辈还是一气，宏儿不是正在想念水生么。我希望他们不再像我，又大家隔膜起来……然而我又不愿意他们因为要一气，都如我的辛苦展转而生活，也不愿意他们都如闰土的辛苦麻木而生活，也不愿意都如别人的辛苦恣睢而生活。他们应该有新的生活，为我们所未经生活过的。

我想到希望，忽然害怕起来了。闰土要香炉和烛台的时候，我还暗地里笑他，以为他总是崇拜偶像，什么时候都不忘却。现在我所谓希望，不也是我自己手制的偶像么？只是他的愿望切近，我的愿望茫远罢了。

我在朦胧中，眼前展开一片海边碧绿的沙地来，上面深蓝的天空中挂着一轮金黄的圆月。我想：希望是本无所谓有，无所谓无的。这正如地上的路；其实地上本没有路，走的人多了，也便成了路。

一九二一年一月。

选自人民文学出版社《呐喊》

过去的三个月中的创作我最佩服的是鲁迅的《故乡》……我觉得这篇《故乡》的中心思想是悲哀那人与

人中间的不了解、隔膜。造成这不了解的原因是历史遗传的阶级观念……作者对于将来却不曾绝望:"然而我又不愿意他们因为要一气,都如我的辛苦展转而生活,也不愿意他们都如闰土的辛苦麻木而生活,也不愿意都如别人的辛苦恣睢而生活。他们应该有新的生活,为我们所未经生活过的。"我很盼望这"新生活"的理想也因为"走的人多了,也便成了路"。

——作家 茅盾

MENG

FEI

孟 朗读者
非

很多人评价孟非是难得的能够把都市的市井气息和文化气息完美融合在一起的一位主持人。作为主持人，他既有态度，又有温度。态度来自他对城市的观察，温度则来自对城市里人和人之间关系的体悟。

孟非生在重庆，年少时就随父母举家搬到了南京。1990年高考落榜后，他曾做过搬运工、送水工、保安、印刷工等，1992年进入江苏电视台文艺部体育组担任摄像，才开始了他的新闻工作生涯。2002年，三十一岁的孟非开始主持新闻直播节目《南京零距离》。这档节目后来成为江苏地区收视率最高的电视新闻节目，被誉为"南京人的电视晚报"，孟非功不可没。他主持了九年多，每天直播一小时，只请过一天假，从不看提词器，由此成为南京市民最熟悉、最喜爱的主持人之一。

2010年首播的综艺节目《非诚勿扰》为孟非带来了事业的第二个高峰。这档相亲交友类节目曾位居同时段综艺节目收视率榜首，受到全国观众的欢迎，还在全国掀起了一阵相亲综艺的狂潮。孟非的主持风格亲民，表达的观点却非常犀利。他鼓励嘉宾公允持平地对待自己，也更宽容善良地对待多样化的不同个体。这档节目的意义远远超出了相亲本身，成为个人审美、婚姻关系、人生百态等多方面话题的制造者。到今天，节目已播出超过八年，孟非仍然站在舞台上。

朗读者 ✿ 访谈

董　卿：熟悉你的人都知道，在《非诚勿扰》之前，你主持过一档社会新闻类的节目叫《南京零距离》。

孟　非：对，九年多时间，每天一个小时直播。

董　卿：每天都在讲些什么？

孟　非：高考来临啊，春运啊，暴雨啊，火灾啊，等等。老百姓生活当中觉得重要的事都会涉及。

董　卿：九年多的时间也让你有机会去观察这座城市。

孟　非：我觉得我的工作岗位给我提供了一个相对更全的视角，日复一日，年复一年，老百姓和我之间会形成一种信任关系。我举个例子，有一天在节目快结束的时候，有一个电话记录，是一对网友打来的，一个叫呼噜笨笨，一个叫呼噜什么。两个人都来自农村，在南京打工好几年了。他们谈恋爱，突然为了个什么事，两个人闹掰了，反正男孩就突然联系不到这个女孩儿了，男孩儿都已经疯了，最后一线希望是打电话到《南京零距离》的热线。我记得当时我大概说的是：在异地他乡打拼的时候，两个人互相照应，互相扶持，这是非常可贵的事情；我觉得不管发生了什么事情，再给他一次机会，见一面，不好吗？等我下班回家的时候，我们遍布在城市各个角落的通讯员用DV（数码摄像机）拍到了他们的见面。很多群众跑到那儿去，还有一些大妈在那儿鼓掌。我路过的时候看到了这一幕，非常感动。

董　卿：老天也是在那天看上你了，说，这个人以后可以做个相亲节

目。(笑)

孟　非：所以我到现在都形成职业病了。

董　卿：你的这种热心感染着电视屏幕前的人,他们也回报给你很多让你觉得很温暖的东西。

孟　非：是,我觉得说得很对。冬天,到现在我也不知道原因,就在直播的过程中,我突然一下子说不出来话了,前一句还好好的,下一句就出不来了。台上的导播还以为我在跟他们逗乐子。他们看到我的嘴型大概是"来看报道"……

董　卿：切了。

孟　非："咔",新闻就切出去了。因为在直播,没有其他办法。我们准备了大量的宣传片,当时就成了宣传片集锦,一条一条接着播,但是观众已经知道出事了,七八个接线员在那儿接热线。等我上楼的时候,热线组的编辑告诉我,有两个大姐已经出门,从中山门方向往电视台来了,她们说会某一种推拿按摩,能把嗓子治好。有一个姓胡的农民,当天晚上骑自行车过来。他们家有四只老母鸡,他拿了三只放在纸盒子里,绑在自行车后座,从盱眙县出发,骑了一百多公里,骑到南京,送到电视台。(掌声)

  我在病愈复出后的第一期节目结尾时说,占用大家一分钟,帮我个人一个小忙。我找不着这个盱眙县姓胡的朋友,能不能给我提供线索?当天晚上就找到这个人了。我说,春节我会到他家去看他。

董　卿:这是一种很宝贵的关系,没有什么利益和诉求在其中。你觉得你是不是已经成了一个南京人了?我知道你是重庆人。

孟　非:要从出生地来说,那我生在重庆。但是,我在这个城市三十多年,已经真的是融入这个城市的一分子了。

董　卿:而且你在这个城市成家立业。

孟　非:是,然后很快又做了……

董　卿:《非诚勿扰》。

孟　非:对。

董　卿:八年啊!你有没有算过大概为多少青年男女服务过?

孟　非:将近九年时间,有六七千人。我经常想,让他们站一块儿,好壮观哪。(笑)

董　卿:我有个问题一直想问你,如果你自己没有结婚,会站在这个舞台上来挑选你的另一半吗?

孟　非:我觉得我年轻的时候应该不愁这事。(笑)但是我真的不排斥。

董　卿:你认为你去的话,成功率会很高?

孟　非:那不一定,真不一定。台上的女生很多都愿意赖着不走。

董　卿：不是你不够好。（全场笑）你也没有这样的机会了。你自己的爱情故事是非常简单而且顺利的，对吗？

孟　非：普普通通，跟大多数普通人一样。

董　卿：不一样吧，你初中就开始恋爱了，怎么一样啊？（笑）

孟　非：不能算初中就恋爱，就是在初中认识了。

董　卿：确认恋爱关系是在高中吗？

孟　非：是在……你一个坑接一个坑啊。（全场笑）我是在印刷厂当工人的时候开始正经八百谈恋爱的。

董　卿：所以你是更愿意处在原来那样的一个时代，还是更愿意像今天这样有更多挑选的机会？

孟　非：有更多挑选的机会同时也意味着有更多犯错的机会。我对特别绚烂而短暂的东西都没有太大的兴趣。我觉得那种美到不真实的、看得人肝肠寸断的、激情澎湃的东西都属于艺术作品。不是说选择多了，你幸福的概率就会同比增长，我绝不相信。（掌声）

董　卿：爱情这个命题永远是在一个社会大背景下的，就像很多人也会通过《非诚勿扰》来了解这个社会。

孟　非：是。有一些中老年人根本没有这方面诉求了，他们可以通过这些节目，看看年轻人的生活是个什么样子。我碰到过一个老太太，她说："哎呀，我可喜欢看《非诚勿扰》了。"只要看到两个年轻人高高兴兴地牵着手下去，音乐和彩带一出来，她就觉得幸福。

董　卿：牵手成功下去是放哪首歌来着？

孟　非：我忘了，我印象最深的是牵手不成功的音乐——《可惜不是你》。这是我八年前的彩铃，就没换过。我跟很多人说过，等我七十多岁，一头白发的时候……

董　卿：你有吗？（笑）

孟　非：我希望。（全场笑）当我晚年的时候，满脸褶子，腰也直不起来了，背也驼了，突然有一天在哪一个街角里传出这样的音乐，我想我一定会老泪纵横。可能那个时候还能想得起这个节目的人已经不多了，但是一定有人还会记得。当我今天遥想未来的那一天的时候，我都会有一种职业带给我的成就感和幸福感。（掌声）

董　卿：你是有这么鲜明态度的一个人，如果你的女儿带着她的男朋友回到家里，你也会这么鲜明地对待那个人吗？

孟　非：我尽量不让他们看出我的态度。

董　卿：余光中写过一篇很有名的文章叫《我的四个假想敌》，就是他的四个女儿未来要是被四个男孩带走，他心里想想就觉得患得患失的。

孟　非：我会有一些感伤，但是孤独是我们的常态。我们的父母会先于我们走，我们会先于我们的子女走。这个世界上的任何人或长或短的只是在一段时间里陪伴我们，我们只需要经营好那一段陪伴的生活就好了，没有谁会一辈子和你在一起。（掌声）

董　卿：八年多在舞台上站着，你觉得爱情和城市之间有什么样的关系呢？

孟　非：有一句特别文艺的话叫"因为一个人，爱上一座城"，这是完全有可能的。经常会有年轻人说："哎呀，你在北京，我在上海，这怎么办呢？"我觉得当爱情来临的时候，这真的是个问题吗？前提是，当爱情的力量足够大。所以我特别欣

　　　　赏一句话：爱在哪里，家就在哪里。

董　卿：接下来你会为我们读些什么呢？

孟　非：《围城》可以吗？

董　卿：当然可以！其实你读《围城》特别合适。你知道为什么吗？因为钱锺书关于婚姻是围城的说法大家都知道。所以如果说婚姻是围城，那《非诚勿扰》是什么？就是在砌墙呀。（全场笑）你要把这段朗读献给谁呢？

孟　非：那就献给《朗读者》和《非诚勿扰》的观众们。

董　卿：瞧这俩主持人。（笑）

朗读者 ❋ 读本

围城（节选）

钱锺书

　　那天是旧历四月十五，暮春早夏的月亮原是情人的月亮，不比秋冬是诗人的月色，何况月亮团圆，鸿渐恨不能去看唐小姐。苏小姐的母亲和嫂子上电影院去了，用人们都出去逛了，只剩她跟看门的在家。她见了鸿渐，说本来自己也打算看电影去的，叫鸿渐坐一会，她上去加件衣服，两人同到园里去看月。她一下来，鸿渐先闻着刚才没闻到的香味，发现她不但换了衣服，并且脸上唇上都加了修饰。苏小姐领他到六角小亭子里，两人靠栏杆坐了。他忽然省悟这情势太危险，今天不该自投罗网，后悔无及。他又谢了苏小姐一遍，苏小姐又问了他一遍昨晚的睡眠，今天的胃口，当头皎洁的月亮也经不起三遍四遍的赞美，只好都望月不作声。鸿渐偷看苏小姐的脸，光洁得像月光泼上去就会滑下来，眼睛里也闪活着月亮，嘴唇上月华洗不淡的红色变为滋润的深暗。苏小姐知道他在看自己，回脸对他微笑，鸿渐要抵抗这媚力的决心，像出水的鱼，头尾在地上拍动，可是挣扎不起。他站起来道："文纨，我要走了。"

　　苏小姐道："时间早呢，忙什么？还坐一会。"指着自己身旁，鸿渐刚才坐的地方。

　　"我要坐远一点——你太美了！这月亮会作弄我干傻事。"

　　苏小姐的笑声轻腻得使鸿渐心里抽痛："你就这样怕做傻子么？坐下来，我不要你这样正襟危坐，又不是礼拜堂听说教。我问你这聪明人，要什么代价你才肯做傻子？"转脸向他顽皮地问。

鸿渐低头不敢看苏小姐，可是耳朵里、鼻子里，都是抵制不了的她，脑子里也浮着她这时候含笑的印象，像漩涡里的叶子在打转："我没有做傻子的勇气。"

苏小姐胜利地微笑，低声说："Embrasse-moi（吻我）！"说着一壁害羞，奇怪自己竟有做傻子的勇气，可是她只敢躲在外国话里命令鸿渐吻自己。鸿渐没法推避，回脸吻她。这吻的分量很轻，范围很小，只仿佛清朝官场端茶送客时的把嘴唇抹一抹茶碗边，或者从前西洋法庭见证人宣誓时的把嘴唇碰一碰《圣经》，至多像那些信女们吻西藏活佛或罗马教皇的大脚指，一种敬而远之的亲近。吻完了，她头枕在鸿渐肩膀上，像小孩子甜睡中微微叹口气。鸿渐不敢动，好一会，苏小姐梦醒似的坐直了，笑说："月亮这怪东西，真教我们都变了傻子了。"

"并且引诱我犯了不可饶恕的罪！我不能再待了。"鸿渐这时候只怕苏小姐会提起订婚结婚，跟自己讨论将来的计划。他不知道女人在恋爱胜利快乐的时候，全想不到那些事的，要有了疑惧，才会要求男人赶快订婚结婚，爱情好有保障。

"我偏不放你走——好，让你走，明天见。"苏小姐看鸿渐脸上的表情，以为他情感冲动得利害，要失掉自主力，所以不敢留他了。鸿渐一溜烟跑出门，还以为刚才唇上的吻，轻松得很，不当作自己爱她的证据。好像接吻也等于体格检验，要有一定斤两，才算合格似的。

苏小姐目送他走了，还坐在亭子里。心里只是快活，没有一个成轮廓的念头。想着两句话："天上月圆，人间月半"，不知是旧句，还是自己这时候的灵感。今天是四月半，到八月半不知怎样。"孕妇的肚子贴在天上"，又记起曹元朗的诗，不禁一阵厌恶。听见女用人回来了，便站起来，本能地掏手帕在嘴上抹了抹，仿佛接吻会留下痕迹的。觉得剩余的今夜只像海水浴的跳板，自己站在板的极端，会一跳冲进明天的快乐里，又兴奋，又战栗。

方鸿渐回家，锁上房门，撕了五六张稿子，才写成下面的一封信：

文纨女士：

我没有脸再来见你，所以写这封信。从过去直到今夜的事，全是我不好。我没有借口，我无法解释。我不敢求你谅宥，我只希望你快忘记我这个软弱、没有坦白的勇气的人。因为我真心敬爱你，我愈不忍糟蹋你的友谊。这几个月来你对我的恩意，我不配受，可是我将来永远作为宝贵的回忆。祝你快乐。

鸿渐悔得一晚没睡好，明天到银行叫专差送去。提心吊胆，只怕还有下文。十一点钟左右，一个练习生来请他听电话，说姓苏的打来的，他腿都软了，拿起听筒，预料苏小姐骂自己的话，全行的人都听见。

苏小姐声音很柔软："鸿渐么？我刚收到你的信，还没有拆呢。信里讲些什么？是好话我就看，不是好话我就不看；留着当了你面拆开来羞你。"

鸿渐吓得头颅几乎下缩齐肩，眉毛上升入发，知道苏小姐误会这是求婚的信，还要撒娇加些波折，忙说："请你快看这信，我求你。"

"这样着急！好，我就看。你等着，不要挂电话——我看了，不懂你的意思。回头你来解释罢。"

"不，苏小姐，不，我不敢见你——"不能再遮饰了，低声道，"我另有——"怎么说呢？糟透了！也许同事们全在偷听——"我另外有——有个人。"说完了如释重负。

"什么？我没听清楚。"

鸿渐摇头叹气，急得说抽去了脊骨的法文道："苏小姐，咱们讲法文。我——我爱一个人，——爱一个女人另外，懂？原谅，我求你一千个原谅。"

选自人民文学出版社《围城》

钱锺书是中国现代文学中非常重要的作家，是一位对中国古典文学和西方文学都有非常深造诣的学者。今天我们能看到将近六万页的中文和外文的读书笔记传下来，也就意味着他不光天赋高，而且非常勤奋。他作为学者型的作家写小说，非常注意把学问熔铸到文笔里去，因此有人说，《围城》可以做到无一字无来历，这是《围城》甚至超越《儒林外史》的一个方面。

——中国海洋大学文新学院副教授　张治

HUANG
YONG
YU

朗读者

黄永玉

我们年轻时所走过的每一座城市，都有可能拓展我们年老时回忆的版图。这位老人在美术、文学、雕塑、建筑等各个领域都有不凡的成就，他的脚步也走过了大半个中国。但是在他的记忆里，无论哪里都会有着凤凰城的影子。

1924 年，黄永玉出生在湖南常德，数月后，便被父母带回湘西凤凰。他自幼在凤凰城的青石板小巷中闲逛，整日与各式各样的民间艺人接触。大小作坊是他逃学的庇护所。因为家里穷苦，他十二岁就四处漂泊，谋求生路。他曾流落到安徽、福建山区小瓷作坊做童工，后又辗转到上海、台湾和香港。

黄永玉十四岁开始发表作品，被誉为"一代鬼才"。他画过版画、木刻画、国画，构思奇特，造诣精深；还精于篆刻，刀法令人叹为观止。他设计的猴票家喻户晓，培养和带动了无数集邮爱好者和投资者，他因此被称为"生肖邮票鼻祖"。英国《泰晤士报》曾用六个版面介绍黄永玉其人其画，他的作品在海内外享誉甚高。

2018 年，黄永玉已经九十四岁，堪称全中国最有趣的老头。他把俗世生活过得有滋有味，八十三岁登上时尚杂志封面，身穿夹克，叼着烟斗；九十多岁开法拉利，论对豪车的热爱，他谁也不输。他天真贪玩，真实坦荡，玩世不恭，自由自在。到现在，他还要时常玩到深夜，因为人世间好玩的事实在太多了。他只有把自己喜欢的事全做了，才能坐下来，数着日子等待那一天的来临。

朗读者 ❖ 访谈

    （外景：凤凰城）
董 卿：（独白）这是《朗读者》两季以来我第一次走出了演播室，来到嘉宾真正生活过的城池。沿着沱江，踏着青石板，穿过小街巷，踯躅虹桥。凤凰城因为作家的书写早已成为我们心中没有陌生感的异乡，我们在凤凰古城与黄永玉相逢，去寻觅他这辈子艺术和生命的根来自哪里，又去向何方。

    （外景：北京万荷堂）
董 卿："接天莲叶无穷碧"，荷花大概还有多久开呀？
黄永玉：二十多天吧。
董 卿：您当时建这个院子的时候七十多岁了，是不是也带着一些对凤凰城的怀念呢？
黄永玉：洞庭湖一带、我的家乡，荷花都多。那个时候我常常到外婆家，她家在一个小城，城门外面就是个小荷塘。我们淘气的时候，就弄个小木盆，躲到荷花塘里头去。所以我们看到的荷花同别的画家画的荷花不一样，我们能够画荷花底下的事。
董 卿：那个时候您还有个外号叫"黄逃学"？（笑）
黄永玉：对。留级留得不得了，后来他们集美中学开几十周年纪念会，我送他们一个大的画，后头就写一个"1937年留级学生"。我在四十九级、五十级、五十一级、五十二级、五十三级留了五次级。（笑）
董 卿：您还记不记得自己逃学时间最久的一次是逃了多久？
黄永玉：可能就去了半个月吧。苗族女孩放马，就在我现在家的那个

山坡上。我就骑她们的马，那个马跳啊什么的，把我的腿摔断了，然后我就到河边一个苗老汉的地方，他帮我医。

董　　卿：您爸妈知道吗？

黄永玉：到处找！水里面捞，没有；到外婆家去找，也没有。后来我回来了。我爸爸是非常文雅、聪明的人，他站在门口，不追我，叫我来，给我吃东西，然后说，我们不到那个学校念了。那个时候我们凤凰不是很热闹的，也很小。小学唱歌，全城都听得见。

董　　卿：十二岁那年，您就离开了家乡。这儿有一张地图，从1937年开始到1945年，这八年您走过了这么多城市！

黄永玉：从长沙到安徽的宣城、宁国，到杭州，到上海，到厦门，到泉州……

董　　卿：到福州，到仙游，到永安。为什么您到这些地方都不会留下来呢?

黄永玉：这个东西我想过。我这一辈子选择的是对的。一般到了战地服务团，演戏的时候，很多女孩子很好的，愿意我跟她一起走的不少。我从来没有考虑过，真的，从来没有。那时候我想的是另外的事：要刻木刻，刻出好的、一流的木刻。（笑）其他都不在乎。

董　卿：那您每次从一个地方到另外一个地方，您带的包袱里都装些什么呀?

黄永玉：书。木刻刀、木板、书。有些老人家就说："你看，这个孩子带着书流浪。"我有个大的、自己做的帆布包，自己缝的，还擦了桐油。（笑）

董　卿：在您走过的这么多城市里边，有没有哪个地方给您留下的印象特别深?

黄永玉：福州。我在长乐教书，每个礼拜坐小轮船到福州，一上岸就看《约翰·克利斯朵夫》，看完了放回去，半年把那本书看完了。后来那个书店老板说，你一来我就注意你了，看着你把书放回去，这本书我不会卖的，我要为你留下来。我谢谢他。你看看!

董　卿：在路上遇到了很多好人。

黄永玉：嗯，很多好人。

董　卿：在上海待了一年多之后，您就辗转到了香港九华径。

黄永玉：那是一个海湾，主要是便宜，很多重要的文化人都在那儿，郭老（郭沫若）、茅盾都在。各种各样来的人，我都帮他找房子，后来他们就开玩笑叫我"保长"。香港的本土作家同我都有来往。有一次，我和蔡澜、金庸在一个叫作"美利坚"的小

　　　　　　饭店吃饭，结果大家没有带钱，那怎么办呢？吃了人家的东西了。《星岛日报》就在不远，我们就打个电话请叶灵凤先生来。我见那饭店有个鱼缸，鱼缸里面有很多热带鱼，我就画了一张热带鱼，拿辣椒油、酱油涂涂颜色，叶先生就拿去发表了。多少年以后，我在香港开画展，有个人拿了这张画来给我。

董　　卿：真的啊？

黄永玉：让我再看一看，签个字，我就签了。

董　　卿：您在香港的时候非常勤奋。

黄永玉：我到现在也非常勤奋。（笑）你知道，勤奋并没有什么了不起的，主要的是……

董　　卿：主要的是天分？

黄永玉：主要的是看你的产品质量高不高。（笑）

董　　卿：您在香港的时候，一天大概有多少时间要用在木刻上面？

黄永玉：一天到晚。萧乾说："你就不要刻木刻嘛，画画也可以。"我说不行，要刻。你让我放下木刻去开会，我恐怕不太愿意，我要干活。

　　　　　　我最近还在想这个问题，研究我自己，我的确是运气好。一般来讲，离开了正规学校以后，这个人底下怎么办，是吧？所以我得到了一个结论，就是办事情认真。排除了很多高调的、不实际的东西，实在地、实事求是地去钻研。我是认真的。

董　　卿：您离开凤凰这么多年，身上还有没有保留湘西人的性格啊？

黄永玉：那基本上是了，这几十年也没吃过什么亏。我们一般都说，要求自己要严格，我想，不是严不严的问题，是要弄得有意思一点儿。不用做个这样的人物，做个那样的人物，费事。对待我们眼前的生活，要用头脑，不要幼稚化，活得好一点。

董　卿：沈从文先生八十岁的时候在您的劝说下，又回湘西老家看了看。那段时间是您陪着他住在老宅子里边。

黄永玉：他的脑子很特别，感觉很细致。他几十年没有听到高腔了，听到以后，他进到屋里去擦眼泪，再出来；还没有听完，又进去了。后来他回北京，躺在床上已经起不来了，抓着我的手说："多谢你，带我回凤凰。"

董　卿：他后来安葬在了老家凤凰古城，您还给他补了一块石碑，上面写着"一个士兵要不战死沙场便是回到故乡"。您以后也会回到故乡吗？

黄永玉：我不是用这个方式。我已经写好遗嘱了，我死了以后，我的骨灰不要了，跟那孤魂野鬼在一起，我自由得多，不要固定埋在一个地方，也省得飞机钱。我在上海有一些朋友，他们说："你应该把骨灰留起来。"我说："你想我嘛，看看天、看看云嘛。"（笑）

我的文学生涯

黄永玉

这小说，一九四五年写过。抗战胜利，顾不上了。

解放后回北京，忙于教学、木刻创作、开会、下乡，接着一次次令人战栗的"运动"，眼前好友和尊敬的前辈相继不幸；为文如预感将遭遇覆巢之危，还有甚么叫做"胆子"的东西能够支撑？

重新动笔，是一个九十岁人的运气。

我为文以小鸟作比，飞在空中，管甚么人走的道路！自小捡拾路边残剩度日，谈不上挑食忌口，有过程，无章法；既是局限，也算特点。

文化功力无新旧，只有深浅之别。硬作类比，徒增茧缚，形成笑柄。稍学"哲学"，小识"范畴"，即能自明。

我常作文学的"试管"游戏。家数虽小，亦足享回旋之乐。

平日不欣赏发馊的"传统成语"，更讨厌邪恶的"现代成语"。它麻木观感，了无生趣。文学上我依靠永不枯竭的、古老的故乡思维。

这次出版的《无愁河的浪荡汉子》第一部，写我在家乡十二年生活；正在写的"抗战八年"是第二部；解放后这几十年算第三部。人已经九十了，不晓得写不写得完？写不完就可惜了，有甚么办法？谁也救不了我。

二〇一三年六月二日于万荷堂

选自人民文学出版社《无愁河的浪荡汉子》

这些年，黄永玉几乎全身心投入写作自传体长篇小说《无愁河的浪荡汉子》，这部作品从一个意义上未尝不可以看作既是沈从文"文革"中开了个头的黄家家史和地方志作品的延续，也是更早以前《一个传奇的本事》的延续。沈从文抗战后写《一个传奇的本事》，本为介绍黄永玉的木刻，写的主要却是黄永玉的父母和家乡的历史事情，关于黄永玉倒没有怎么叙述。那么，接下来——这中间隔了好几十年——黄永玉就自己来写自己。这漫长的写作过程，同时也是与表叔漫长的对话过程。他一次又一次无限遗憾地表示，要是表叔能看到，会出现什么样的情景。他想象表叔会加批注，会改，批注和改写会很长很长，长过他自己的文字。写作，也是唤回表叔与自己对话的方式。要是沈从文看到黄永玉的文章，这个假设，却有着极其现实的重要性，不是对于已逝的人，而是对于活着的人，对于活着还要写作的人。

——复旦大学教授、文学评论家　张新颖

太阳下的风景（节选）

黄永玉

从十二岁出来，在外头生活了将近四十五年，才觉得我们那个县城实在是太小了。不过，在天涯海角，我都为它而骄傲，它就应该是那么小，那么精致而严密，那么结实。它也实在是太美了，以致以后的几十年我到哪里也觉得还是我自己的故乡好；原来，有时候，还以为可能是自己的偏见。最近两次听到新西兰的老人艾黎说："中国有两个最美的小城，第一是湖南凤凰，第二是福建长汀……"他是以一个在中国生活了将近六十年的老朋友说这番话的，我真是感激而高兴。

我那个城，在湘西靠贵州省的山洼里。城一半在起伏的小山坡上，有一些峡谷，一些古老的森林和草地，用一道精致的石头城墙上上下下地绣起一个圈来圈住。圈外头仍然那么好看，有一座大桥，桥上层叠着二十四间住家的房子，晴天里晾着红红绿绿的衣服，桥中间是一条有瓦顶棚的小街，卖着奇奇怪怪的东西。桥下游的河流拐了一个弯，有学问的设计师在拐弯的地方使尽了本事，盖了一座万寿宫，宫外左侧还点缀一座小白塔。于是，成天就能在桥上欣赏好看的倒影。

城里城外都是密密的、暗蓝色的参天大树，街上红石板青石板铺的路，路底有下水道，蔷薇、木香、狗脚梅、桔柚，诸多花果树木往往从家家户户的白墙里探出枝条来。关起门，下雨的时候，能听到穿生牛皮钉鞋的过路人丁丁丁地从门口走过。还能听到庙中建筑四角的"铁马"风铎丁丁当当的声音，下雪的时候，尤其动人，因为经常一落即有二尺来厚。

最近我在家乡听到一个苗族老人这么说，打从县城对面的"累烧坡"半山下来，就能听到城里"哄哄哄"的市声，闻到油炸粑粑的香味道。实际上那距离还在六七里之遥。

城里多清泉，泉水从山岩石缝里渗透出来，古老的祖先就着石壁挖了一眼一眼壁炉似的竖穹，人们用新竹子做成的长勺从里头将水舀起来。年代久远，泉水四周长满了羊齿植物，映得周围一片绿，想起宋人赞美柳永的话："有井水处必有柳词"，我想，好诗好词总是应该在这种地方长出来才好。

……

从文表叔许许多多回忆，都像是用花朵装点过的，充满了友谊的芬芳。他不像我，我永远学不像他，我有时用很大的感情去咒骂、去痛恨一些混蛋。他是非分明，有泾渭，但更多的是容忍和原谅。所以他能写那么好的小说。我不行，愤怒起来，连稿纸也撕了，扔在地上践踏也不解气。但我们都是故乡水土养大的子弟。

十八岁那年，他来到北京找他的舅舅——我的祖父。那位老人家当时在帮熊希龄搞香山慈幼院的基本建设工作，住在香山，论照顾，恐怕也没有多大的能力。从文表叔据说就住在城里的湖南会馆的一间十分潮湿长年有霉味的面西小亭子间里。到冬天，那里是凉快透顶的。

下着大雪，没有炉子，身上只两件夹衣，正用旧棉絮裹住双腿，双手发肿，流着鼻血在写他的小说。

敲门进来的是一位清瘦个子、穿着不十分讲究、下巴略尖而眯缝着眼睛的中年人。

"找谁？"

"请问，沈从文先生住在哪里？"

"我就是。"

"哎呀……你就是沈从文……你原来这么小。……我是郁达夫，我看过你的文章，好好地写下去……我还会再来看你。……"

听到公寓大厨房炒菜打锅边，知道快开饭了。"你吃包饭？"

"不。"

邀去附近吃了顿饭，内有葱炒羊肉片，结账时，一共约一元七角多。饭后两人又回到那个小小住处谈话。

郁达夫走了，留下他的一条浅灰色羊毛围巾和吃饭后五元钞票找回的三元二毛几分钱。表叔俯在桌上哭了起来。

……

从文表叔有时也画画，那画是一种极有韵致的妙物，但竟然不承认那是正式的作品，很快地收藏起来，但有时又很豪爽地告诉我，哪一天找一些好纸给你画些画。我知道，这种允诺是不容易兑现的。他自然是极懂画的，他提到某些画，某些工艺品高妙之处，我用了许多年才领悟过来。

他也谈音乐，我怀疑他具有音符组合的常识。但是明显地他理解音乐的深度，用文学的语言阐述得非常透彻。

"音乐，时间和空间的关系。"

他也常常说，如果有人告诉他一些作曲的方法，一定写得出非常好听的音乐来。这一点，我特别相信，那是毫无疑义的。但我的孩子却偷偷地笑爷爷吹牛，他们说："自然咯！如果上帝给我肌肉和力气，我就会成为大力士……"

孩子们不懂的是，即使有了肌肉和力气的大力士，也不一定是个杰出的智慧的大力士。

……

契诃夫说过写小说的极好的话：

"好与坏都不要叫出声来。"

这几乎是搞文学的基本规律和诀窍,也标志了文学的深广度和难度。

从文表叔的书里从来没有——美丽呀!雄伟呀!壮观呀!幽雅呀!悲伤呀!……这些词汇的泛滥,但在他的文章里,你都能感觉到它们的恰如其分的存在。

他的一篇小说《丈夫》,我的一位从事文学几十年的,和从文表叔没见过面的前辈,十多年前读到之后,深受感动,他说:

"……这篇小说真像普希金说过的,'伟大的俄罗斯的悲哀'。"

……

跟表叔的第三次见面是最令人难忘的了。经历的生活是如此漫长、如此浓郁,那么彩色斑斓;谁也没有料到,而恰好就把我们这两代表亲拴在一根小小的文化绳子上,像两只可笑的蚂蚱,在崎岖的道路上作着一种逗人的跳跃。

我们那个小小山城不知由于什么原因,常常令孩子们产生奔赴他乡的献身的幻想。从历史角度看来,这既不协调且充满悲凉,以致表叔和我都是在十二三岁时背着小小包袱,顺着小河,穿过洞庭去"翻阅另一本大书"的。

一九七九年十二月三十一日

(本文由董卿朗读。)

乡梦不曾休

黄永玉

我为曾在那里念过书的凤凰县文昌阁小学写过一首歌词，用外国古老的名歌配在一起，于是孩子们就唱起来了。昨天听侄儿说，我家坡下的一个八九岁的女孩抱着弟弟唱催眠曲的时候，也哼着这支歌呢！

歌词有两句是：

> 无论走到哪里，都把你想望。

这当然是我几十年来在外面生活对于故乡的心情。也希望孩子们长大到外头工作的时候，不要忘记养育过我们的深情的土地。

我有时不免奇怪，一个人怎么会把故乡忘记呢？凭什么把她忘了呢？不怀念那些河流？那些山岗上的森林？那些长满羊齿植物遮盖着的井水？那些透过嫩绿树叶的雾中的阳光？你小时的游伴？唱过的歌？嫁在乡下的妹妹？……未免太狠心了。

故乡是祖国在观念和情感上最具体的表现。你是放在天上的风筝，线的另一端就是牵系着心灵的故乡的一切影子。唯愿是因为风而不是你自己把这根线割断了啊！……

家乡的长辈和老师们大多不在了，小学的同学也已剩下不几个，我生活在陌生的河流里，河流的语言和温度却都是熟悉的。

我走在五十年前（半个世纪，天哪！）上学的石板路上，沿途嗅闻着曾经怀念过的气息,听一些温暖的声音。我来到文昌阁小学,我走进二年级的课堂,坐在自己的座位上。

"黄永玉,六乘六等于几?"

我慢慢站了起来。

课堂里空无一人。

一九八二年六月十九日于凤凰

(本文由董卿朗读。)

代后记一

加强传统文艺节目创新

慎海雄

(中宣部副部长,中央广播电视总台党组书记、台长)

坚定"四个自信",弘扬主旋律,传播正能量,坚守国家媒体的社会责任和担当,狠抓精品创作,中央广播电视总台近来推出了一大批"叫得响、传得开、留得住"的优秀节目。《朗读者》就是其中的代表。

自 2017 年第一季播出后,《朗读者》反响热烈、好评如潮;今年播出的第二季,立意更巧妙新颖,视野更开阔宏大,内容更扎实丰富,形式更生动亲民,做到了"百尺竿头,更进一步",获得更加广泛的社会关注。基于第一季节目编撰的《朗读者》图书,已经成为广大读者竞相捧读的畅销书,很多青少年读者通过阅读,了解到这些嘉宾的人生故事,开启经典阅读的旅程。《朗读者》的成功启示我们,电视文艺工作者只要坚定文化自信,勇于坚守、善于创新,真正做到用心用情用功,就能够用诚意和创意打动人心,就能够做出人民群众喜闻乐见的好作品,就能够跨越"高原"攀上"高峰"。

我们将进一步坚定文化自信,坚持守正创新,坚守中华文化立场,打造更多高品质、高品位、高品格的作品,让节目更加有筋骨、有道德、有温度,更能够体现出思想之美、文化之美、艺术之美。我们将加大传统文艺节目创新,强化优秀人才培训、选拔力度，提高内容制作能力，让优势更优、强者更强。我们将把握新媒体发展规律，海阔天空去想，脚踏实地去干，用最新的科技和创意吸引年轻受众，营造生机勃勃、充满活力、人人自豪的氛围。

在今年的法兰克福书展上，《朗读者》同名图书的精选版，已经签出了六个国家八个语种的外文版，成为讲好中国故事，向世界展现真实、立体、全面中国的一个范例。在国际传播能力建设中，我们将深化合作传播，注重"借嘴说话"，用好外国主流媒体平台，主动宣介习近平新时代中国特色社会主义思想，主动讲好中国共产党治国理政的故事、中国人民奋斗圆梦的故事、中国坚持和平发展合作共赢的故事，让世界更好地倾听中国、读懂中国，将更多中华文化精品节目推向世界，在交流交融中彰显中华优秀文化的持久魅力，彰显新时代中国人的精气神。

"锐意改革创新，壮大主流舆论，努力打造具有强大引领力、传播力、影响力的国际一流新型主流媒体。"我们将深入贯彻落实习近平总书记的贺信精神，发挥优势，弥补不足，不断改进创新，不断打磨提升，把《朗读者》等优秀文化品牌做得更响亮。我们将集中力量、心无旁骛地打造精品力作，为人民提供丰富的精神食粮，更好地担当引领示范作用，为传播中华优秀文化、培育践行社会主义核心价值观做出更大贡献。

代后记二

惯性奔跑

董卿（口述）

1

这一季《朗读者》开始的时候，我焦虑得不得了，因为第一季反响太好了，盛名之下，你还能怎么去做第二季？第二季的开篇，也遇到了不少的困难，不光是经费的问题，很多别的困难。但我觉得还是咬牙要做。

为什么一定要克服所有的困难去做这件事情呢？

因为有很多人在等，很多人会问，怎么没了？可能是我自作多情，我就觉得在中央广播电视总台这个平台上，或者在今天的中国电视这个行业里边，还是应该有《朗读者》第二季的出现。它应该继续往前走，让喜欢它的人看到。

和其他节目比起来，《朗读者》的意义在于能够"见人"，我觉得所有的艺术创作里面，最触动人心的就是人，没有什么比这个更宝贵了。人的精神、人的品质，还有人的遭遇，这是我能够倾注我所有心血去做的。

我对内容有一种别人不太能理解的狂热，比如说我们的嘉宾采访大约是两个小时，两个小时意味着听打稿可能有两万字左右，甚至三万字。我要把那三万字的稿子反复看几遍，因为划稿子的时候已经和录制隔去很长的时间了，然后你还要再回忆当时的状态,他的语速,你要进入到他讲话的一个语境当中,要想象他好像还在你的对面,然后根据那个语境开始划稿,把两万字划成两千字。我有很强烈的完美主义,接近强迫症的边缘吧,每一个字都是我一个一个划出来的,多一个字少一个字都会觉得不舒服。

做后期就是在机房里一宿一宿地熬,你知道电视是一帧一帧画面做出来的,那个画面永远有修改的余地,一坐十几个小时可能就坐过去了。

你问我有没有发过脾气,我记得有一次把一个导演训哭了。我们有一个嘉宾丘成桐,目前世界上最好的数学家,数学奖的大满贯,像菲尔兹奖、克拉福德奖,这些都是所谓数学界的诺贝尔奖。他曾经是哈佛大学数学系的系主任,到现在依然活跃在世界的数学领域。我觉得这样的嘉宾能够请来很不容易,来了以后,他朗读《归去来辞》,大屏幕上用竖版把读本打出来,跟随他的朗读,一行一行字出现,但那个字幕和朗读的速度永远对不上,一遍、两遍、三遍,那个数学家很耐心,一遍读、两遍读、三遍读。

整个结束之后,我记得我当时特别愤怒。我就说太不专业了,怎么可以这样去浪费大家的时间,我说你知道丘成桐对世界意味着什么,如果你没有敬畏心,我说你不配做这个节目组的导演,他的时间是以分秒来计算的,因为我们耽误了他很多时间,他的一个小时、两个小时、三个小时,那也许就是人类的一大步,对吗?

当时发完脾气过后我也会有点内疚,别人就慢慢变得有点害怕你了。我可能太以专业性为目的,这个可能会让我不经意伤害到不少原本很喜欢我的那些人。

我们最后一场录制是在今年的6月9号,录完最后一个嘉宾,时针已经指向了6月10号的凌晨两点了。大家就稍微庆祝一下,在现场开了一瓶香槟,然后切蛋糕、拍照,很多工种就散了。

最后二十几位核心导演留下来,就在舞台上,我说每个人都说几句话吧,平时都是你们在听我说,现在我也很想听你们说。到了告别的时候,我才知道原来每个人身上都有故事,有人说着说着就哭。我们这一年多的时间,团队里有人离婚了,有人大病,有家人生病,有自己在写论文、答辩,大家都是焦头烂额的过程。

这些他们平时都不敢跟我讲,我才知道自己实在不是邻家大姐姐的那种领导风格。我也觉得很内疚,原来可能觉得这人没有投入足够的精力,做得不够好。因为我不允许自己这样,所以让他们什么都不敢跟我讲。我就觉得有点愧疚吧,毕竟团队大家也都很努力。但是我依然觉得,走完这个过程,最终的收获是他自己,不管这个过程当中你是表扬他也好,责备他也好,成长是最重要的。

《朗读者》对我自己也是一样的,最大的收获就是你发现你还有成长的可能。哎,你做得可以了,你已经做到顶了,我大概在好多年前就听到这个话,其实每个人依然有成长的可能,这个成长不只是在专业领域,还有很多别的方面。

2

《朗读者》请过一位嘉宾吴孟超,是中国著名的肝脏外科医生，他读的是张晓风的那篇《念你们的名字》，写给医学院的学生的。"你需要学多少东西才能免于自己的无知……你要怎样自省，才能在千万个病人之后免于职业性的冷静和无情。"其实任何职业都要提防"职业性的冷静和无情"。

我在 2012 年的时候，就遇到了这种所谓的"职业性的冷静"。那段时间蛮痛苦的，就是所有交到你手上的节目，你觉得都是一样的。那些娱乐节目——我不知道这样说好不好——现在有时候看那些节目，依然会觉得那只是在做无谓的消耗。那时候我还远远不知道未来有《朗读者》的出现，但是我已经知道有些节目我不想再做了，不想再那样重复。

我在中央台安身立命十六年，最骄傲的一点是我百分之百地投入，但 2012 年我发现我做不到了，你会觉得特别痛苦。而且这种东西出现的时候只有你自己知道，别人看不出来。因为你的职业表达是很容易遮盖掉一些东西的，但是慢慢久了别人会知道，而且久了你会退步的。

我决定自己按一下暂停。

我从 2013 年的下半年开始申请美国的学校，到 2014 年主持完春晚，这中间有七八个月的时间，所有的细节都在准备当中，在几个学校之间反复地选。当时晚上整宿睡不着，特别地恐惧，没有安全感。因为你已经决定了，但是没有人知道你决定了，你也不知道你的决定会带来什么。

我当时其实已经做好了最坏的打算，就是回来没有我的位置了，因为这个行业的竞争也很激烈，而且我花了将近二十年才走到这一步，只有我知道我为它付出了多少，不是那么轻而易举的。曾经在我心里，只有工作是最重要的，我可以为了它什么都不要。我不考虑结婚，也不考虑生孩子，从来没有把任何事情看得比这件事情还要重要。

当时我父母坚决反对（出国），他们的理由是你四十岁了，留学是二十岁时候做的事情。我说我二十岁的时候，没有这样一个机会，我觉得我缺失。很多人说，你在国内学学不行吗？你停下来，你去报个什么班。我知道那停不下来的，只要你还在北京，在国内，就会有工作给你派下来，你没法说完全彻底地停下来。

后来就去了南加州大学。

我尽量地不去想在国内的事情，给自己多安排点课程。不上课的日子，就漫无目的地在学校里溜达，觉得阳光好得刺眼。

在国外读书的日子，其实就是克服那种恐惧感的过程，让自己真正地平静下来。那时我连微信都没有，只偶尔地看手机新闻报，iPad 只有两个界面，一个是英汉辞典，还有一个是菜谱，因为我要自己做饭。我让自己的每一天都非常规律，不管是在学校有人认识你还是没人认识你，都让自己觉得是一件平常的事情。不管在课堂上能提问还是不能提问，听懂了还是没有听懂，都让自己不要焦虑。

这个过程，你不能说像重生，它像在打磨你的心灵。慢慢地，真的就切换到了非工作模式，一天、两天、半年、一年，你就不会想着我要去工作。打个不恰当的比方，就是你离开了一个你很爱的人，时间让你慢慢不那么想他了，不是说不爱了，也不是说遗忘了，只是不那么想了。你每天有更多的时间想别的事情。

打破平静的是哈文的一个电话。2015年春节前,她给我打电话,说让我主持春晚,我觉得不太可能,当时已经有整整一年没有化妆,没有穿高跟鞋,也根本不考虑穿哪条裙子还是哪条裤子的问题,我不在那个状态了,不知道还能不能以很好的状态回到舞台上。

所以我就拒绝了,后来她又追了两个电话回来。你知道那个时候在那么遥远的地方,组织上对你这么信任,说你一年没有站在这个台上了,依然邀请你回来参加最重要的这个节目,你的心里还是会有很大的安慰和满足,觉得好像大家还很惦记你啊,于是就回来了。

那年主持春晚感觉很神奇,觉得很开心,就像是久别重逢。你发现有些东西是在你的血液里的,就像你学会骑自行车,你可能十年不骑,你还是会骑。你掌握了某种语言,可能你很久不说它,你还是会说,就是这种感觉。

我当时还有一种感觉,如果再有人来找我做节目,我一定做一些我真的想做的节目,而不再只是简单地重复过去了。所以才有了后来的《挑战不可能》《中国诗词大会》,还有《朗读者》。

3

在主持了十三年春晚之后,2018年没有主持春晚,其实挺意外的。

除了意外,就是有些舍不得,好像还没有做好充分的心理准备离开这个舞台。之前也听到了一些传闻,因为按照我们的经验，到一定的时候就应该会有通知要上春晚，然后也没有得到这个通知，慢慢地想到大概就是这么回事儿了吧。

有很多朋友来安慰我，大家也都是因为喜欢你，就说怎么会这样。你要在调整自己的时候，还不得不拿出很多的精力去安抚别人。

那年春节是和爸妈一起过的，我们就全家一起在家里做年夜饭，看了春晚，然后休息，特别正常的一天。家里的气氛没有觉得有什么不对，因为不做春晚的那种心理上的波动在春节之前就已经慢慢过去了。

很多人说我去美国读书是自动的一个刹车，现在想来好像冥冥中自有安排。那个时候你已经在磨炼了，内心也在翻滚，也在煎熬，但是慢慢地，你能放下恐惧和担忧。这个恐惧是什么？说穿了，无非是你不能再站在中央的一种恐惧。你知道自己也许会走下坡路的恐惧，然后你强迫自己去做一种改变，去学习，去思考，去寻找新的方向，去为未来成为更好的自己做准备。

我现在还记得 2005 年是第一次主持春晚，那届郎昆是总导演，他给我打了一个电话，就说咱们准备准备可以进组了，一定要保密啊，千万不能告诉别人，就是父母也不能说啊。我憋了两天以后，还是没忍住给我妈打了一个电话，说你不能对外面说哦，现在还没有公布。当时觉得非常幸福，似乎实现了自己的一个梦想。那个时候也是先听到了很多传闻，说你有可能上今年的春晚噢，心里开始暗暗地希望它的发生。到了 2018 年，也是听到了传闻，说可能不上今年的春晚了。

多有意思啊,一切都仿佛是在轮回,发生着一些相似的场景,但是内容却大不相同。

我真的用尽全力了,春晚没有出现,心里一定会有波动的,但是我还是很庆幸我做了足够多的努力,这些努力让你在得到的时候,觉得很踏实,在失去的时候,也不会有太多的遗憾,因为我已经全力以赴了。

4

我爸爸是农村长大的孩子,老家条件也很苦,爷爷过世很早,奶奶又是农村妇女,家里特别贫穷。我父亲骨子里就认为一定要勤奋,要刻苦才能改变命运,这是他的人生信条,这种人生观深深地影响了我。他让我从小要做家务,要读书,要练习长跑,要锻炼所有的独立生活的能力。

这种严苛的教育可能曾经伤害过我,但是现在也觉得,任何事情都有它的两面性。我现在自己有孩子了,我还是觉得对孩子严格一些更好,但是现在因为工作的缘故,很少能照顾到自己的孩子,更多的要交给我的父母来帮我照顾,隔代的教育就会宠溺很多,很多时候我觉得没有原则,心里就会暗暗地纠结,我想有一天要把小朋友带在我的身边,我要好好地管教他。

这种教育的弊端就是让你觉得不太自信,你必须要做得比别人好很多,你才有自信心。如果你跟别人差不多,你就觉得自己不如别人,经常会产生出一些不安全感。还有一个就是,你不喜欢依赖任何人,你只靠自己。所以为什么我很多时候亲力亲为，是我不喜欢去埋怨别人做得不够好，我只能自己去做。

我在工作当中是充满防备的，充满战斗性的。我以前累到一年做一百三十多场，累到摔到尾椎骨第四节骨裂，然后瘸着拐着撑下来，累到生理期紊乱，整个脸全都是痘痘，再累都没有说。

确实一直很紧张，我也不知道怎么松弛。可能跟我的成长环境有关系，我们这一代人成长于二十世纪七十年代末到八十年代初，那是整个中国社会发生剧变的一个时代。就是你突然之间明白了，你可以有机会改变自己的命运，你可以比自己的父辈们过得更好。而你的确也抓住了一些机会，你会变得越来越紧张，你获得的越多，你的负担也越大。

在美国读书的时候有一些朋友，他们说你可以松弛一些，我说你们美国人是富裕时间太久了，所以都比较懒散。他们的确很放松，一周五天的工作日过后，一定去休假，一定周末关机。我刚去的时候被他们逼疯了，周末所有的房屋中介都关机，我说我要租房子，全部是留言，不会有人回复你，一定到礼拜一才回你。我想我们国内的中介是多么勤奋啊，你发什么他马上给你找房源。

因为不想辜负这些来之不易的机会，所以我会那么努力，不管交给我什么，我都能够百分之百地超出导演的想象去完成。我并没有觉得有比别人更强的地方，但是你只要把这个事情交给我，我一定不会让你失望的。

我们有撰稿人给主持人写好台本，那我一定不会完全只按照这个台本说的，我会把只按照台本说看成是我的一种失职。我的记忆力非常好，一个十页纸的台本，我大概两个小时能够全背下来，但是，你就敢上台了吗？那是多么可笑的一件事情。

二十年前我敢，二十年前我更关注的是，我怎么样把我的头发弄弄好，我要从哪儿借套更好看的衣服，我一定要比站在我边上的人更白、更高、更瘦，那样才好。但是后来，我不知道是从什么时候开始的，有一天我就觉得，这样对吗？可能是到了中央台以后，对，应该是到了中央台以后。因为你发现你准备过的一些东西得到了认可，中央台的确是个大平台，你的一点点优点会被无限放大。

我是2002年到北京的，头几年也过着跟大家一样的北漂生活，租房这些都不用再讲。那时候我在西部频道主持《魅力12》，那个频道是新的，在华东地区不落地，我爸妈在上海根本看不到。那两年觉得挺窝囊，就是你做得很辛苦，可是没有人知道你在干什么。直到有一天，我坐出租车，司机说："你是那个《魅力12》的主持人吗？那个节目挺好的。"后来做了一年多之后，有台领导在会议上说，西部频道《魅力12》那个节目做得不错，那个主持人也不错，然后3套才会关注到12套有这么一个主持人。我才知道，其实你去做了，就会有人看到，得到鼓励之后，我会花更多的时间去做，然后会形成一种工作理念。

现在的危机感可能来自对自己能有多少超越，跟自己之间的那种较量。

你有没有注意到这一季的札记，很多都是我特别喜欢的话。"生命的意义是如此厚重,无论我们怎样全力以赴都不为过。因为我们生而为人,生而为众生。"我是一个活得特别用力的人,用力不够的话我自己会觉得不过瘾,你会觉得日子似乎白过了,多可惜啊。

(《人物》记者张月整理)